이계
마왕성
CASTLE OF
ANOTHER WORLD

이계마왕성 5

강한이 장편 소설

초판 1쇄 찍은 날 § 2012년 12월 19일
초판 1쇄 펴낸 날 § 2012년 12월 26일

지은이 § 강한이
펴낸이 § 서경석

편집부장 § 권태완
편집책임 § 어정원

펴낸곳 § 도서출판 청어람
등록번호 § 제1081-1-89호
등록일자 § 1999. 5. 31
어람번호 § 제1-1508호

주소 § 경기도 부천시 원미구 심곡2동 163-2 서경B/D 3F (우) 420-822
전화 § 032-656-4452 팩스 § 032-656-4453
http://www.chungeoram.com
E-mail § chungeorambook@daum.net

ⓒ 강한이, 2012

ISBN 978-89-251-3111-5 04810
ISBN 978-89-251-2913-6 (세트)

※ 파본은 구입하신 서점에서 교환하여 드립니다.
※ 저자와 협의하여 인지를 붙이지 않습니다.
※ 이 책은 도서출판 청어람과 저작자의 계약에 의해 출판된 것이므로,
　무단 전재 및 유포·공유를 금합니다.

CASTLE OF ANOTHER WORLD

FUSION FANTASTIC STORY

강한이 장편 소설

이계 마왕성 5

목 차

1장 후보	7
2장 드미트리의 장려	57
3장 크리쳐 관리실	89
4장 나선정원	113
5장 과수원	143
6장 지하묘지	161
7장 동황루	193
8장 루엔클라우스 코인	231
9장 변수	261
화보부록	297

제1장

후보

이계
마왕성

〈현 마왕성 개발 현황:개요〉
—마왕성(Lu.5)
—던전관리소(Lu.3)
—공작소(Lu.1)
—의뢰소(Lu.1)
—정령계약소(Lu.1)
—속성학습실(Lu.1)

"어머, 마왕성이 이렇게……."

채빈은 운디네의 탄성을 한 귀로 들으며 눈앞의 풍경을 하염없이 바라보고 있었다. 지금까지 줄곧 보아왔던 익숙한 마왕성이 아니었다.

발치 앞에 폭 1미터, 길이 5미터가량의 외다리 진입로가 있었다. 진입로의 까마득한 아래는 검푸른 수면이 출렁거리는 해자가 자리하고 있었다. 해자를 가로지르는 진입로 너머에 원반형의 대지가 붕 떠 있었다. 공중정원 같기도 한 그 대지의 중심에는 채빈이 지금까지 접한 것들 중 가장 거대한 마왕성이 세워져 있었다.

"이건 정말… 지금까지의 마왕성과는 너무 다르군요."

프라이어가 말을 보탰다. 채빈은 성벽 너머 탑의 꼭대기에서 펄럭이는 검은 깃발을 보며 묵묵히 고개를 끄덕이고 있었다. 서울 한복판의 남대문 세 채를 합친 것과 맞먹는 크기의 마왕성이었다. 크기도 크기거니와 비로소 마왕성이라고 일컬을 수 있을 만큼 완벽한 구색 또한 갖추고 있었다.

"주인님, 얼른 들어가 보세요."

"그럴까."

채빈이 운디네에게 떠밀려 발을 내딛었다. 짧은 진입로를 건너고, 원반형 대지의 외곽을 따라 병풍처럼 둘러진 외벽 한가운데의 내리닫이 창살문을 통과하자 널찍한 내부 공터가 나타났다. 공터에는 8~10미터 높이의 탑 네 개가 모여 하나의 직사각형 건물을 이루고 있었다. 본성이었다.

본성 앞에서 채빈이 고개를 들었다. 진입로 바깥에서도 볼 수 있었던 탑 꼭대기의 검은 깃발이 한결 또렷하게 눈에 들어왔다. 검은 바탕에 붉은색의 마계공용어로 적힌 글귀는 '젤마'였다.

운디네가 채빈의 어깨 위에서 중얼거렸다.

"공간이 엄청 넓어졌네요. 전혀 다른 세계 같아요."

"그러게."

채빈의 두 눈이 끝없이 높은 검푸른 하늘로 꽂혔다. 이따금 소리없는 뇌전이 날카로운 궤적을 그리며 하늘 곳곳에서 번쩍이듯 나타났다가 사라지곤 했다. 도대체 이건 누가 만든 어디에 속한 세상일까. 채빈은 처음 마왕성에 들어왔을 때부터 내내 가지고 있었던 의문을 새삼스레 상기시키고 있었다.

그때였다.

끼이익.

예고도 없이 본성의 쌍여닫이문이 좌우로 활짝 열렸다.

열린 문을 통해 검은 연미복 차림의 한 남자가 나왔다.

장신에 극히 호리호리한 체격을 가진 남자였다. 핏기 하나 없이 창백한 낯빛 때문에 뒤로 깔끔하게 넘긴 검은 머리칼의 색감이 한결 강렬하게 느껴졌다.

"어서 오십시오."

채빈에게 다가온 남자가 연미복의 앞자락을 팔로 누르며 정중히 허리를 굽혔다.

채빈은 쭈뼛쭈뼛하게 인사를 받으며 남자의 얼굴을 뜯어보았다. 20대 중반쯤 되었을까. 선이 곧고 이목구비가 또렷한 미남이었다. 창백한 낯빛과 침울한 두 눈빛이 단점이라기보다는 묘한 매력으로 어울리는 느낌이었다.

"제 소개부터 드리겠습니다."

채빈이 상념에서 깨어나 퍼뜩 고개를 들었다.

"저의 이름은 드미트리 아시모프입니다."

"드미트리……."

채빈은 어딘가 익숙한 어감인 남자의 이름을 입속에서 되뇌고 있었다.

"본래는 지구의 러시아 사람이었지요."

"아……."

"지금은 마왕 젤마 님의 직속으로 마계에서 일하면서 살고 있습니다."

"젤마……? 마계……?"

채빈은 상황이 이해되지 않았다. 마왕 젤마의 정체는 무엇이며 그의 직속으로 마계에서 일하고 있는 이 남자는 또 뭐란 말인가. 어쨌거나 눈앞의 남자, 드미트리는 가늘고 긴 손가락으로 바닥을 가리키며 말을 이었다.

"이 공간도 마계의 일부입니다. 젤마 님 개인의 아공간이지요. 아공간의 일부를 할애해 마왕성을 구축한 것입니다."

"잠깐……! 잠깐만요."

채빈이 지끈거리는 이마를 싸맸다. 의문스러운 점이 한두 가지가 아니어서 어떤 것을 먼저 물어봐야 할지 감이 오지 않았다.

채빈은 곁눈으로 드미트리의 기색을 살피며 가만히 생각을 정리했다. 생뚱맞게 나타난 이 남자는 마왕성의 본질을 비롯해 많은 것에 대해 알고 있는 듯하다. 지금까지 품어왔던 온갖 궁금증을 한꺼번에 해소시켜줄 수도 있을 것이다.

"고민하지 마십시오."

채빈의 속을 읽은 것처럼 드미트리가 넌지시 말했다.

"이런저런 의문을 품으신다고 해도 제가 드릴 수 있는 대답에는 한계가 있습니다. 우선은 마음을 편안히 하시고 제 이야기부터 귀 기울여 들어주십시오. 질문은 나중으로 미뤄주시면 제가 할 수 있는 답변에 한해 성의껏 해드리겠습니다."

줄곧 경계하는 눈빛으로 사태를 관망하고 있던 운디네가 끼어들었다.

"뭐야? 입 다물고 자기 얘기나 들으라는 거야?"

"굳이 천박하게 표현하자면 그렇습니다."

드미트리가 운디네를 똑바로 바라보며 대답했다. 운디네

가 몸을 담그고 있는 욕조물이 부글부글 끓어오르기 시작했다.

"천박? 주인님, 뭐 이런 사람이 다 있죠?"

"참아, 운디네."

"불쾌하잖아요!"

언성이 높아지자 프라이어가 거들었다.

"조용히 해, 정령인 우리가 나설 자리가 아니니 얌전히 듣고 있어."

운디네의 표적이 프라이어로 뒤바뀌었다.

"넌 또 뭐야! 정령이면 말도 못하니?"

"해야 할 말과 장소를 가리자는 얘기다. 품위를 지켜."

"어머 그래? 넌 홀리 이미지 쓰면 그 잘난 입이 열 개도 넘는데 해야 할 말과 장소를 워낙 잘 가려서 항상 꿀 먹은 벙어리처럼 가만히 있는 거구나? 우아, 품위 폭발한다."

"무슨 뜻인지 모르겠군."

"네가 재수없다는 뜻이야!"

두 정령 사이에 불꽃이 튀었다. 그 틈으로 손을 붕붕 휘두르며 채빈이 입을 열었다.

"그만들 좀 해. 알겠습니다, 드미트리 씨. 먼저 말씀하세요. 솔직히 궁금한 게 한두 가지가 아니지만 그쪽이 말씀하시는 걸 듣고 나면 의문이 꽤 풀릴지도 모르니까요."

"알겠습니다."

드미트리가 다시 한 번 채빈에게 정중히 목례했다. 그러고는 허공에 대고 손뼉을 쳤다. 펑, 하는 소리와 함께 검은색 칠판 하나가 떨어져 내렸다.

"이해를 돕기 위해 그림과 함께 설명드리겠습니다."

드미트리가 손에 든 펜으로 칠판 한가운데에 '젤마'라고 적었다. 그리고 그 아래로 세 개의 세계인 지구, 천화지, 로쿨룸을 나란히 적었다.

"젤마 님은 마계에 거주하는 수천 명의 마왕 중 한 분이십니다. 이 모든 마왕은 절대자인 그분으로부터 관리구역을 하사받습니다. 관리구역은 마왕들 개개인이 쌓은 공의 높낮이와 종류에 따라서 정해집니다. 보통은 서열이 낮은 마왕이 마계 외의 세계를 관리하게 되지요."

"관리구역이요?"

"지구 인류의 경우를 예로 들어 말씀드리자면 영지와 비슷한 개념입니다."

"오호……."

"젤마 님의 관리구역은 마계 외입니다. 이 칠판에 적은 대로 천화지와 로쿨룸, 그리고 당신이 속해 있는 지구까지 세 곳이 젤마 님의 관리구역입니다. 뭐, 관리구역이라고 해서 드러내놓고 흐름을 조종하는 건 아닙니다. 필요로 하는 것을 얻기 위해 보이지 않는 곳에서 조금씩 힘을 쓸 뿐이지요. 간단한 예로 지구 각국의 기업과 정부에서 젤마 님의 수하들이 암암리에 활동하고 있습니다. 필요에 따라 때로는 부수고, 때로는 쌓으면서."

"진짜로요?"

채빈이 자기도 모르게 탄성을 내질렀다. 음모론에서나 볼 수 있었던 엄청난 이야기였다. 채빈은 순간 몹시도 궁금해졌다. 이런 굉장한 사실이 밝혀진다면 지구인들은 어떤 표정을 지을까. 그리고 지구에는 무슨 일이 벌어지게 될까. 밉상 맞은 표정으로 툴툴거리던 운디네의 두 눈도 슬슬 흥미를 머금고 있었다.

"젤마 님은 자신이 맡은 이 세 곳을 관리하셨습니다. 그런데 어느덧 400년이 지났고 마계에서는……"

"잠시만요."

채빈이 드미트리의 말을 자르고 되물었다.

"마계라는 건 정확히 어떤 세계죠?"

"아까 분명히 질문은 나중에 하시기로……"

"아, 죄송해요. 계속하세요. 아니, 갑자기 좀 궁금해서."

채빈이 허둥지둥 사과했다. 프라이어들은 어딜 봐도 흥분 상태인 채빈의 어깨에 연달아 몸을 부딪치며 그를 다독여주었다.

드미트리가 가벼운 헛기침을 하고는 설명을 재개했다.

"어느덧 400년마다 한 번씩 벌어지는 그 전쟁의 시기가 온 것입니다. 관리구역을 걸고 마왕들 사이에서 벌어지는 구역전쟁의 시기가."

드미트리가 '구역전쟁'이라는 단어에 유독 힘을 주어 말했다.

"구역전쟁의 의미를 당신에게 한마디 말로 이해시켜 드릴 자신이 없습니다. 이것은 마계의 규칙이며 어떻게는 마왕들의 유희라고 일컬을 수도 있습니다. 의미야 어쨌든 마왕들은 각자의 구역을 걸고 전쟁을 벌입니다. 그 결과는 간단하지요. 전쟁에서 승리한 마왕은 상대의 관리구역을 얻어 서열을 높이고, 패배한 마왕은 관리구역을 빼앗기고 힘을 잃는 것입니다. 여기까지 이해되십니까?"

"네, 됩니다. 잘 돼요."

채빈이 빠르게 고개를 끄덕였다. 그는 이야기에 완전 빠져든 상태여서 드미트리의 멱살이라도 잡고 다음 설명을 재촉하고 싶을 정도였다.

"이제부터가 중요합니다. 이 구역전쟁이라는 것은 마왕이 직접 참가하는 게 아닙니다."

"그러면요?"

"마왕이 선택한 대리자가 참전합니다, 바로 당신과 같은."

드미트리의 가느다란 손가락 끝이 채빈의 미간을 가리키고 있었다. 놀란 숨을 훅 들이마신 채빈의 얼굴에서 핏기가 사라지고 있었다.

"이것 또한 구역전쟁의 기본 규칙 중 하나입니다. 마왕들은 구역전쟁에 참가할 대리자를 자신이 관리하는 세계에서 뽑습니다. 젤마 님도 마찬가지지요. 뽑는 과정에는 마왕성이 이용됩니다. 우리가 밟고 서 있는 바로 이곳 말입니다. 이해하셨습니까?"

"아, 네, 잠시만요."

채빈이 황망히 프라이어를 돌아보고 속삭이듯 물었다.

"프라이어, 메모지 있어? 잊어버릴까봐 좀 적어두려는데."

"저 남자의 이야기는 제가 전부 기억하고 있습니다. 돌아가는 대로 정리해서 문서파일을 만들어드릴 테니 걱정하지 마십시오, 형님."

"그래, 고마워. 계속 말씀하세요."

드미트리가 말을 이었다.

"젤마 님은 세 가지 사항을 추가로 요구하셨습니다. 첫째, 천화지와 로쿨룸, 지구에서 1명씩을 대리자 후보로 발탁해야 하며, 둘째로 후보는 모두 인간이어야 하고, 셋째로 마왕성을 Lv.5까지 개발해야 할 것. 아, 빼먹은 게 있었군요. 당신도 이미 예상하셨겠지만 마왕성은 지구에만 있는 게 아닙니다. 로쿨룸과 천화지에도 하나씩 존재하지요."

그 말을 듣는 순간, 서울대공원 동물원에서 조우했던 여자의 얼굴이 어렴풋이 채빈의 뇌리를 스쳐갔다. 어쩌면 그 여자도 나와 같은……

"당신이 천화지와 로쿨룸의 던전을 공략하며 성장하듯이, 그들도 자신이 속하지 않은 나머지 두 세계의 던전을 공략하면서 능력을 키우고 있습니다."

"……"

"그간 수많은 인간이 마왕성에 드나들었습니다. 그리고 이제야 젤마 님의 인정을 받은 세 명의 대리자 후보가 결정되었습니다. 이 세 명 중 하나가 바로 당신입니다."

채빈이 두 눈을 질끈 감았다. 이제부터 이어질 이야기도 얼마간 예상이 되는 듯했다. 곧이어 채빈은 양 어깨가 쇳덩이라도 얹은 것처럼 무거워짐을 느꼈다.

"로쿨룸의 후보는 일찌감치 마왕성을 Lv.5로 개발하고 후보로서 결정이 됐습니다. 당신과 천화지의 후보는 다소 늦은 감이 있지요. 이제부터 당신은 후보로서 마왕성을 개발하고 능력을 갈고닦아야 합니다. 그래서 최종적으로 젤마 님의 인정을 받고 구역전쟁에 참가할 대리자가 되어야 합니다. 이것은 이제부터 당신에게 주어진 과제입니다. 대리자로 발탁되면 엄청난 보상이 기다리고 있을 것입니다."

드미트리의 말이 끝나기가 무섭게 채빈이 덤비듯이 물었다.

"제가 안 하면 어떻게 되는 거죠?"

"무슨 말씀이신지?"

"그러니까 후보로서의 역할이요. 제가 그냥 마왕성 개발도 소홀히 하고 가만히 있으면 어떻게 되냐고요."

"젤마 님의 인정을 받을 수 없게 되겠지요."

진득하게 침묵을 유지하고 있던 프라이어가 폭발했다.

"아니, 그러니까! 그 인정을 받을 수 없게 된다는 건 알겠습니다만, 형님께 무슨 일이 벌어지냐는 겁니다!"

그 참을성 좋은 프라이어가 흥분하는 모습에는 채빈과 운디네도 새삼 놀랐다. 그가 튀기는 빛의 불꽃을 피해 한 걸음 물러나며 드미트리가 손가락 하나를 꼿꼿하게 세워 보였다.

"결전의 그날까지 약 1년 정도 남았습니다. 당신의 세계 시각으로 내년 12월 중에 구역전쟁이 개시됩니다. 그때까지 대리자 후보로서의 최소한의 역량을 갖추지 못한다면, 글쎄요. 젤마 님이 당신을 가만히 놔둘까요?"

드미트리의 그 물음은 은근한 협박으로 들렸다.

알면서도 채빈은 손가락 끝이 바르르 떨려왔다. 두렵고도 불쾌한 감각이 일고 있었다. 마왕이라는 존재는 항시 나를 관찰하고 있는 것인가. 정작 나 자신은 전혀 인지하지 못하는 사이에?

"문제는 그것뿐만이 아닙니다. 젤마 님은 후보 사이의 일에 있어서도 완전히 관망하기로 하셨습니다."

"그게 무슨 뜻입니까?"

"서로간의 문제에 전혀 개입하지 않겠다는 의미입니다. 후보와 후보가 세 개 세계의 어느 한곳에서 조우하게 되지 말란 법 없습니다. 서로를 후보로서 알아보게 되면 전투가 벌어질 수도 있겠지요. 그러면 둘 중에 하나는 크게 다치거나 혹은 목숨을 잃게 될지도……. 아시겠습니까? 당신은 죽을 수도 있습니다."

"그런……."

채빈은 말끝을 흐리며 동물원에서 싸웠던 여자를 또 한 번 떠올리고 말았다.

"후보끼리 서로를 죽일 명분은 충분합니다. 모두를 죽이고 자신만 남으면 확실히 대리자로 발탁이 될 테니까요. 그것도 엄청난 보상이 기다리고 있는."

"흥, 목숨이 날아갈 판에 보상이 다 뭐야."

운디네가 코웃음을 쳤지만 드미트리는 전혀 개의치 않았다.

"당신이 능력을 개발해야 할 이유는 도처에 산재해 있다는 이야기입니다. 당신 스스로 선택한 길입니다. 이제 당신은 돌이킬 수 없습니다."

드미트리의 입가에 아주 잠깐 엷은 웃음이 일었다가 채빈이 알아채기 전에 사라졌다. 본래의 무뚝뚝한 표정을 되찾은 그가 말을 이었다.

"젤마 님의 명령으로 현재 이곳을 포함한 세 개의 마왕성은 Lv.5에서 개발이 금지된 상태입니다. 형평성 때문이지요. 지구시간으로 30일 뒤 자정을 기해 해제될 것입니다."

채빈이 상기된 얼굴을 박박 문지르며 중얼거리듯 물었다.

"왜 제가 최종후보로 선택됐을까요?"

"앞서 말씀드렸듯이 조건에 부합됐기 때문이지요. 젤마 님의 관리구역 중 한곳에서 태어난 인간이고, 마왕성을 Lv.5까지 개발하셨고."

"마왕성을 개발하지 않고 지나갈 수도 있었어요. 이건 질문을 안 할 수가 없네요. 굳이 절 찾아와서 마왕성을 개발하라고 독촉했던 금은방 할아버지는 누굽니까? 잠깐만, 혹시… 당신 아니에요?"

채빈이 한쪽 눈두덩을 찌푸리며 물었다.

드미트리가 또렷하게 입꼬리를 올리며 빙긋 웃었다.

"저는 아닙니다."

"그럼 누구죠?"

"죄송하지만 말씀드릴 수 없습니다."

채빈은 드미트리의 얼굴을 브라질리언 킥으로 찍어버리고 싶은 충동을 느꼈다. 이 자식은 유들유들한 표정과는 다르게 나를 놀리면서 속으로 즐거워하고 있는 것이 아닐까.

그때였다. 드미트리는 꼈던 팔짱을 풀며 은근한 어조로 물었다.

"드미트리의 룰렛으로 당신의 운명을 점쳐 보시겠습니까?"

"운명이요?"

"젤마 님이 당신의 어떤 점을 마음에 들어 하셨는지 조금은 아실 수 있게 될지도 모릅니다."

"좋아요, 당장 쳐주세요."

채빈의 대답과 동시에 드미트리가 손뼉을 쳤다.

지름 2미터가량의 둥근 회전반이 펑, 하고 눈앞에 생겨났다. 은백색 금속으로 만들어진 회전반은 세 칸으로 된 눈금 총 22개가 모인 구성을 이루고 있었다. 그러나 아무런 글귀도 적혀 있지 않아 의미를 알 수가 없었다.

드미트리가 회전반을 가리키며 말했다.

"룰렛을 회전시키고 구슬을 던져 넣으면 됩니다."

"구슬이요?"

"도와드리지요."

휘릭!

드미트리가 옷소매를 펄럭이며 채빈을 향해 손을 뻗었다.

"흡!"

채빈의 가슴 한가운데에서 은은한 빛을 머금은 작은 구슬 하나가 흘러나왔다. 구슬은 천천히 하강하더니 채빈의 손아귀 사이로 살포시 내려앉아 움직임을 멈췄다.

"당신의 구슬입니다. 마왕성에서 당신이 얻은 모든 힘이 그 구슬 안에 들어 있습니다."

"이 구슬 안에요?"

"그 구슬이 없으면 당신은 마왕성을 접하기 이전의 평범했던 인간으로 되돌아가게 되지요. 자, 룰렛을 회전시킬 테니 구슬을 던져 넣으십시오."

드미트리가 회전반의 한끝을 잡고 반시계 방향으로 힘차게 돌렸다. 회전반은 바람이 뿜어져 나올 정도로 맹렬하게 돌기 시작했다. 채빈은 침을 꿀꺽 삼키고는 그 한가운데로 조심스레 구슬을 던져 넣었다.

'뭐가 나올까.'

달그락거리며 회전반과 구슬이 얽히는 소리가 채빈의 고막을 미묘하게 자극하고 있었다. 서서히 속도가 낮아지면서 소리도 사라졌다. 이윽고 완전히 멈춘 회전반의 한 눈금 위에서 힘을 잃은 채빈의 구슬도 움직임이 멎었다.

슈우욱! 슈우욱! 슈우욱!

구슬이 멈춘 눈금의 세 칸 공백에서부터 직선으로 빛이 솟구쳐 올랐다. 세 갈래의 빛 속으로 채빈의 운명을 뜻하는 단어가 하나씩 떠오르고 있었다.

―성장, 현실, 자비.

"이게… 뭐죠?"

"당신의 운명입니다. 젤마 님의 관심을 끌었을 당신의 성향이기도 하지요."

조금씩 희미해져 가는 세 개의 단어를 멍하니 바라보며 채빈이 물었다.

"다른 두 후보도 점을 쳤나요?"

"네, 하지만 결과는 말씀드릴 수 없습니다. 당신의 결과 역시 비밀에 부쳐질 것입니다."

드미트리가 손가락을 딱, 하고 튕겼다. 룰렛에 놓여 있던 구슬이 떠올라 본래 자리인 채빈의 몸속으로 빨려들었다.

드미트리가 말했다.

"30일 뒤 마왕성이 해제되는 순간부터 최선을 다해 능력을 개발하십시오. 온건하게 자신의 운명을 살아가려면 이제는 그 수밖에 없습니다."

"…모르겠다, 진짜."

채빈이 머리칼을 움켜쥐고 한껏 고개를 젖혔다. 시야에 들어온 검푸른 하늘에서 또 한 차례 소리없는 뇌전이 일고 있었다.

"혹시 다른 조언은 없나요?"

"다른 조언이요?"

"뭔가 현실적인 걸로요. 마왕성을 개발하고 저의 능력을 키우는 데에 도움이 되는 그런 조언이요."

"죄송하지만 딱히 생각나는 것이 없습니다."

"알겠습니다."

채빈은 스스로를 납득시키듯 고개를 힘차게 끄덕였다. 피할 수 없게 된 혹독한 현실을 확실하게 깨달았다. 인정하고 받아들이고 나니 마음이 차차 침착해졌다. 당장 죽으라는 것도 아니다. 아직 1년의 시간이 있다.

채빈은 기합을 넣듯이 제 뺨을 때리며 자신을 독려했다.

이제는 물릴 수도 없고 돌아설 수도 없다.

다른 누구도 아닌 스스로의 의지로 선택한 길이다.

마왕성에서 얻은 힘을 잃게 될 바에야 끝까지 달려보겠다고 결심한 길이다.

까짓것 최선을 다해 달려볼 것이다. 두렵다는 이유로 방구석에 처박혀 벌벌 떨고만 있지는 않을 것이다. 나약한 모습으로 목숨을 구걸하다 죽게 될 바에는 위험을 무릅써서라도 힘을 기르는 편이 백번 옳은 길일 테니까.

"지금은 일단 돌아가십시오. 30일 뒤 자정까지는 마왕성

출입이 금지되니 그때 다시 오십시오."

"네, 그때 봬요."

"저하고는 한참 뒤에나 다시 만나시게 될 겁니다."

채빈이 드미트리를 등지고 천천히 돌아섰다.

두 정령을 대동하고 진입로를 건넌 채빈은 바깥으로 나서기 직전 마왕성을 새삼스레 돌아보았다. 앞으로도 자신과 운명을 같이할 저 거대한 마왕성은 역시 단순하게 여길 장소가 아니었던 것이다.

덜컹.

이윽고 채빈이 붉은 철문 너머로 자취를 감추었다.

바로 그 직후였다.

"훗."

드미트리의 입가가 살며시 치켜져 올랐다. 스스로 비웃는 듯한 그 웃음을 머금은 채 그는 중얼거렸다.

"왜 저 인간을 선택하셨는지 이해가 되지 않는군요."

쿠우우웅!

검푸른 하늘이 진동과 함께 반죽처럼 뒤엉키기 시작했다.

드미트리는 아무런 미동도 없이 태연히 서 있었다. 그의 머리 위에서 뒤엉킨 하늘은 어느새 거대한 여성의 얼굴을 만들어 내고 있었다.

—뭔가 마음에 걸리나요, 드미트리?

하늘의 거대한 얼굴이 눈동자 없는 두 눈을 느릿하게 깜박이며 물었다. 드미트리는 대답 대신 채빈의 운명을 점쳤던 회전반으로 시선을 떨어뜨리고 있었다.

거대한 얼굴이 말을 이었다.

―로쿨룸 후보의 운명을 점쳤을 때에는 별다른 불만이 없었던 것으로 기억하는데요.

드미트리가 픽, 하고 콧김을 뿜으며 웃었다.

"로이드 모빅의 운명은 정복, 독점, 지배였지요. 걸릴 게 전혀 없습니다. 대리자가 되기에 최적의 조건을 갖고 있죠."

―천화지 후보의 운명을 점쳤을 때에도 드미트리는 딱히 이견을 보이지 않았잖아요.

"공손채 그 여자의 경우는 흥미롭다는 측면에서 불만이 없었던 겁니다."

―모조리 복수라서?

드미트리가 고개를 살며시 끄덕였다.

"그렇습니다. 오로지 복수, 복수, 복수……. 지금껏 룰렛으로 헤아릴 수 없을 만큼 많이 점을 쳐 봤지만 그런 결과는 처음이었습니다."

―이채빈은 왜 싫지요?

"성장, 현실, 자비라니. 애매해도 너무 애매해요. 게다가 자비 따위는 아무 짝에도 쓸모가 없습니다."

드미트리가 검푸른 하늘을 향해 두 손바닥을 펼쳐 보이며 대답했다. 뇌전에 이어 섬광이 일면서 환하게 드러난 그의 얼굴에는 분노가 서려 있었다.

 "게다가 마왕성을 스스로 Lv.5로 만들지도 못했습니다. 구성하신 젤마 님께서 가장 잘 아시지 않습니까? 마왕성을 Lv.4에서 Lv.5로 개발하는 데엔 본인을 초월한 용기를 필요로 합니다."

 ─본인을 초월한 용기? 재미있군요.

 "반드시 복수를 해야 하는 공손채와 썩어빠진 세상에 불만을 갖고 있는 로이드 모빅에게는 그 초월적인 용기가 있었습니다. 자신이 원하는 목적을 달성하지 못할 바엔 그냥 죽겠다는 확고한 의지가 있었단 말입니다. 하지만 이채빈은 아닙니다. 굳이 젤마 님께서 나서서서 Lv.5로 개발하라고 설득하신 것도 저는 전혀 이해가 가지 않습니다. 이채빈은 그저 평범한 인간입니다. 마왕성이 Lv.4에서 오래도록 머물러 있었던 이유도 이채빈이 평범하기 짝이 없는 인간이기 때문입니다. 목숨까지 걸고 던전을 공략하면서 마왕성을 개발할 이유가 그에게는 전혀 없지 않습니까."

 드미트리가 연미복 속에서 담배를 한 개비 꺼냈다. 그는 입에 담배를 물고 손가락 끝을 튕겨 불씨를 만들어냈다. 불붙은 담배 끝에서 거무죽죽한 연기가 모락모락 피어올랐다.

"이채빈은 자신의 세계에서 그럴싸하게 적당히 살아갈 수 있을 정도의 작은 힘만을 원하고 있습니다. 대리자 후보로 어울리는 인간이 결코 아닙니다."

―하지만 계속 나아가는 길을 선택한 건 이채빈 본인이었어요. 그것도 용기라고 볼 수 있지 않나요?

"젤마 님은 진심으로 그걸 용기라고 생각하시는 겁니까? 제가 보기엔 용기가 아니라 한낱 미련입니다. 지금까지 벌어들인 재물과 힘을 잃고 싶지 않아 발버둥치는 졸부의 미련이란 말입니다."

―저와는 조금 생각이 다르군요, 드미트리.

"어련하시겠습니까? 언제나 달랐지요."

드미트리가 담배를 뻑뻑 빨았다. 그의 두 눈과 코, 입과 양쪽 귀가 공장 굴뚝처럼 시커먼 연기를 펑펑 뿜어내고 있었다.

하늘의 거대한 얼굴은 잠자코 있었다. 드미트리도 담배 한 개비를 다 태우는 내내 아무 말도 하지 않았다. 그가 다 피운 담배를 쌈지에 집어넣으려는 찰나 거대한 얼굴이 닫혀 있던 입술을 떼었다.

―드미트리, 한 가지 부탁이 있어요.

"말씀만 하십시오."

―30일 뒤 이채빈이 집사의 거처를 개발하면 당신이 그의 집사 역할을 맡아줘요.

"네에?"

―당신은 이채빈과 같은 세계 출신이잖아요.

드미트리가 손에 들고 있던 담배쌈지를 떨어뜨렸다.

"무슨 말씀을… 아니, 마왕의 1급비서인 제가 왜 후보의 집사 따위를 해야 합니까?"

―휴가라고 생각하고 맡아줘요. 요즘 계속 바빴잖아요.

"이런 휴가라면 사양하겠습니다."

―보수도 두둑하게 챙겨줄게요.

"돈이라면 벌 만큼 벌었습니다. 연말 마계 보너스도 있고."

―부탁이 명령으로 바뀌려 하고 있는데요.

"알 수 없군요, 왜 이러시는지."

―부탁해요. 이채빈의 집사를 하면서 남는 시간은 마음대로 활용해도 좋아요. 이건 당신에게 내는 숙제예요.

"숙제라고요?"

―이만 가보겠어요. 나중에 봐요, 드미트리.

"젤마 님!"

쿠우웅!

처음 나타났을 때와 같은 진동이 일더니 검푸른 하늘에서 얼굴이 자취를 감추었다. 드미트리는 오래도록 그 자리에 멍하니 서 있다가, 한참 후에야 하늘로부터 고개를 거둬들이고 무거운 한숨을 뽑아냈다.

"일이 단단히 꼬였군. 별 수 없지. 간만에 고향에나 가서 푹 쉴까. 아직도 30일이나 남았고."

드미트리가 손뼉을 짝, 쳤다. 순식간에 그의 모습이 홀연히 사라졌다. 덩그러니 남은 마왕성이 정적으로 휘감기고 있었다.

"대학교 입학은 집어치운다."

방으로 돌아오자마자 채빈이 선언하듯 말했다.

"열심히 공부한 건 아깝지만 이런 상황에 대학은 말도 안 되는 거니까. 앞으로 상황이 어떻게 되든 간에 신경 쓸 빌미를 애초에 만들어두고 싶지가 않아. 뭐, 그간 공부해서 대가리에 넣은 지식들이 사라지는 것도 아니잖아? 대학은 나중에 만사 해결되고 편해졌을 때 가도 돼."

"형님······."

"결론은 간단하다. 죽기 싫으면 내년 12월까지 강해지면 되는 거야. 어차피 난 그들의 장기판에 사용된 말이야. 내가 할 수 있는 건 최선을 다해서 강해지는 것뿐이다."

두 정령은 근심스런 기색으로 말이 없었다.

귀속된 정령인 만큼 그들은 채빈의 두려워하는 감정을 읽을 수 있었다. 말은 저렇게 태연스럽게 하고 있지만 속으로는 죽을 수도 있다는 공포를 얼마간 느끼고 있는 것이다. 말이 많은 것만 봐도 확실히 흥분상태였다.

"일단 자자, 맑은 정신으로 생각하게."

채빈은 방바닥에 벌러덩 드러누워 머리끝까지 이불을 올렸다. 앞서 마신 소주 때문에 몸은 피곤했지만 머리가 온갖 잡념들로 뒤엉켜 있어 잠이 쉽게 오지 않았다. 그는 두어 시간을 이리저리 뒤척인 끝에 가까스로 지쳐서 잠이 들 수 있었다.

시간은 빠르게 흘렀다.

마왕성에서 드미트리를 만나고 돌아온 뒤 벌써 20일이 넘어가는 시간이 지나고 있었다.

두 정령은 그간 해왔던 대로 각자의 일에 최선을 다하고 있었다. 프라이어의 온라인게임 작업장 활동과 운디네의 인터넷 방송 활동은 하루가 다르게 어제보다 많은 수익을 끌어내고 있었다.

두 정령이 경제활동에 매진하는 동안 채빈은 방에서 한 발짝도 나서지 않았다. 재경과 세만, 그리고 은효로부터 걸려오는 전화도 일절 받지 않았다. 모든 것이 귀찮고 무의미하게 느껴졌다. 소스를 만들어 재경의 가게에 배달하는 일마저 프라이어의 몫으로 넘어간 상태였다.

그렇다고 채빈이 가만히 놀기만 하고 있었던 것은 아니었다. 좁은 방에서나마 그는 수련에 박차를 가하고 있었다. 삼재검법의 오의를 수천 번 반복하고 지금까지 배운 모든 마법을 철저히 복습하면서 시간을 보냈다. 그 외의 시간에는 지쳐 잠이 들 때까지 팔굽혀펴기와 턱걸이를 하면서 신체를 단련하는 것이었다.

초조해서 도저히 가만있을 수가 없었다. 마왕성이 재가동될 30일 동안 멀거니 기다리고 있을 수가 없었다. 머릿속으로는 앞으로 마왕성에서 해야 할 계획을 끊임없이 그리고 있었다.

'독트로스랑 지저성 던전으로는 아무것도 안 돼. 강해지기 위해서는 칸체레 수도원의 다섯 던전부터 공략해야지. 공략하고 나면 천화지 쪽에서도 새로운 던전이 열릴 테고, 빌어먹을 10년 내공! 엿 같은 황도백양각! 백 번씩 써도 내상을 안 입을 만큼 내공을 왕창 불려야 하는데!'

콰앙!

성질이 벌컥 난 채빈이 벽을 주먹으로 때렸다. 힘 조절이 되지 않아 벽의 한쪽이 움푹 꺼져들었다.

"젠장!"

채빈이 뜨악한 표정으로 주먹을 거뒀다. 부서진 시멘트 조각이 우수수 떨어져 내렸다. 티슈를 뽑아 쓸어 모으고 있으려니, 핸드폰이 몸을 떨며 문자가 왔음을 알렸다.
'또 누구지.'
채빈은 재경 아니면 세만의 전화이겠거니 생각하며 핸드폰을 살폈다. 그런데 아니었다. 블루북스의 임명수 대리로부터 온 문자였다.

이채빈 작가님, 연말인데 잘 지내시죠? 이계정규직 3권 작업은 잘 되시는지요? 기대하고 있습니다.

"아씨……!"
채빈이 이맛살을 찌푸리며 침음을 흘렸다. 출간한 책에 대해서 까마득하게 잊어버리고 있었던 것이다.
'큰일이네……!'
책을 출간한 일은 혼자만의 문제가 아니다. 다른 개인적인 문제는 다 제쳐 둘 수 있어도 이건 어떻게든 해결해야겠다는 생각이 들었다.
채빈은 조바심에 떠밀려 컴퓨터로 가 앉았다. 그러고는 실로 간만에 문서 프로그램을 작동시켜 소설의 문서파일을 열었다.
'암담하군.'
문서파일에는 3권의 대략적인 줄거리만 짤막하게 적혀 있었다. 이 뒤숭숭하기 짝이 없는 기분으로 1권 분량의 글을 써야 한다고 생각하니 하늘이 다 노래지는 느낌이었다.

'쓰자, 써보자…….'

채빈은 억지로 키보드 위에 손가락을 얹었다. 그러나 온통 마왕성에 대한 생각뿐인 머리로는 아무리 집중해도 제대로 된 글줄을 뽑아낼 수가 없었다. 채빈은 키보드를 내던져 버리고 싶은 충동을 가까스로 억누르고 답답한 가슴을 주먹으로 쾅쾅 때렸다.

―왜 그러시죠, 형님?

일을 마치고 창문을 통해 들어온 프라이어가 빛을 깜박이며 물었다. 그리고 채빈의 대답을 듣기도 전에 컴퓨터의 화면을 보고는 사태를 파악했다.

―글이 안 써지십니까?

"좀 그러네. 마음은 급한데 뭐 생각나는 게 있어야지."

채빈이 바닥을 짚고 몸을 뒤로 길게 폈다.

프라이어가 키보드의 스페이스바 위로 내려앉으며 제안했다.

―너무 힘드시면 제가 대필해 드릴까요?

"뭐?"

채빈이 두 손바닥에 파묻었던 얼굴을 떼고 고개를 번쩍 들었다. 프라이어가 구원의 빛을 번쩍이며 스페이스바 위에서 몸을 또드락거리고 있었다.

"대필을 해주겠다고?"

―네, 형님.

"대신 써주겠다는 거야, 지금?"

―챕터별로 간단한 줄거리만 적어주신다면 그걸 바탕으로 한 번 써보겠습니다.

채빈은 잠시 얼어붙었다.

왜 지금껏 프라이어에게 부탁할 생각을 못했을까. 초고도 지성체 정령이 바로 곁에 있었는데 어째서!

"최고야!"

자리를 박차고 일어선 채빈이 프라이어를 두 손 안에 쥐고 환호했다.

"넌 진짜 짱이라고! 제발 좀 부탁해!"

―기뻐하시는 건 아직 이릅니다. 결과물을 보시고 다시 말씀하시지요.

"아니, 별로일 리가 없어! 아무리 못 써도 팝콘 기계처럼 들들 볶인 내 대가리로 쓰는 것보다야 백만 배는 낫겠지!"

―그럼 바로 시작하겠습니다.

프라이어는 그 즉시 작업장으로 돌아가서는 대필 작업을 개시했다. 최소한의 게임 작업인원을 제외한 나머지 6~7명의 프라이어가 각자 챕터별로 분량을 나눠 소설을 대필하기 시작한 것이다.

그로부터 불과 이틀 후.

채빈으로서는 도무지 믿기 힘든 기적이 일어났다.

―다 썼습니다, 형님. 원고를 봐주시죠.

"뭐라고?"

팔굽혀펴기를 하던 도중이었던 채빈은 프라이어의 말을 듣자마자 경악하여 바닥에 턱을 찧고 말았다. 프라이어가 재빨리 인간 형태로 변신해 채빈을 부축했다.

"괜찮으십니까!"

"아, 괜찮아. 아니, 진짜야? 진짜 다 썼다고? 벌써?"

고작 48시간 만에 소설 1권 분량을 완성했다는 말을 어떻게 받아들여야 할까. 그간 겪어온 프라이어의 우월한 능력을 생각하면 불가능한 일은 아니지만, 그래도 실감이 나지 않는 건 어쩔 수가 없었다.

"일단 읽어보시지요."

"그, 그래. 그럴까."

채빈은 반신반의한 상태로 프라이어가 건넨 USB 메모리를 받았다. 컴퓨터를 켜고 문서 파일을 연 그는 두 눈을 크게 뜨고 읽기 시작했다.

한 시간 후.

"재미있어!"

엄청난 집중력으로 원고를 독파하고 난 채빈이 탄성을 터뜨렸다. 자신이 짠 줄거리와 의도를 명확히 파악한 내용이었다. 오탈자 하나도 없이 깔끔한 문장은 보너스였다.

"진짜 너는 보면 볼수록 놀랍다! 어떻게 이렇게 빨리 썼어? 그것도 이렇게 하이 퀄리티로! 이게 말이 된다고 생각해? 지금 당장 회사로 원고 보내야겠다!"

"형님이 짜신 스토리가 좋았기 때문입니다."

이메일을 열면서 채빈은 고개를 힘차게 내저었다.

"되도 않는 소리 하지도 마! 이건 네가 쓴 소설이야. 이채빈이 아니라 프라이어의 작품이라고!"

"기뻐하시니 저도 기쁩니다."

"아, 진짜 너 때문에 살았다. 내가 마왕성을 어떻게 포기하겠어? 이런 너랑 어떻게 헤어질 수 있겠냐고!"

"만족스러우셨다면 다음 권들도 계속 제가 대필해 드리겠습니다."

채빈의 얼굴에 함박웃음이 일었다.

"정말 그래줄 수 있겠어?"

"어려운 일도 아닌데요. 간단하게 줄거리만 짜주세요."

"나 농담이 아니라 평생 너만 사랑할까 싶은데."

"어머, 주인님. 이 운디네는 어쩌시고요?"

"배고픈데 너는 가서 라면 좀 끓여줄래?"

후보 39

"주인님, 너무해요!"

"하하하!"

채빈의 커다란 웃음소리에 유리창이 덜컹덜컹 흔들렸다. 한순간이지만 정말이지, 마왕성 때문에 얻은 시름이 씻은 듯이 날아갈 정도로 채빈은 즐거워하고 있었다.

"주인님, 전화왔어요."

환호가 작아질 즈음 채빈의 핸드폰이 울렸다. 액정을 본 채빈의 입가에서 웃음이 완전히 사라졌다. 은효로부터 걸려온 전화였다.

'미안.'

채빈은 속으로 사과하며 핸드폰을 이불 깊숙이 밀어 넣었다. 바닥을 타고 진동이 전해져 왔다. 가슴이 저려왔지만 채빈은 전화를 받고 싶은 충동을 억눌렀다. 지금은 은효와 연락해서는 안 된다고 생각했다.

한참이 지나 진동이 멎었다. 그제야 채빈은 자리에서 일어나 라면을 끓일 냄비를 꺼냈다. 착잡한 기분으로 냄비에 물을 붓는데 운디네가 말을 걸었다.

"주인님, 문자 왔어요."

채빈이 가스레인지에 냄비를 올리며 돌아보았다. 운디네가 이불 속으로 기어들어가 핸드폰을 만지작거리고 있었다.

"놔둬."

"이건 가만히 놔둘 수가 없는 문자 같은데요?"
"뭔데 그래?"

채빈이 핸드폰을 건네받았다. 내용을 확인하자마자 그는 입에 게거품을 물 뻔했다. 운디네의 말이 맞았다. 이건 가만히 놔둘 수가 없는 문자였다.

오빠, 계속 전화 안 받을 거야? 나 크리스마스이브에 오빠 보러 서울 올라갈 거야. 터미널에서 올 때까지 기다리고 있을 테니까 알아서 해. 2시에 도착해.

"죽겠네, 아주 그냥."
"이참에 확실히 잘라버려요, 주인님."

운디네가 평소의 성격대로 짓궂게 말했다. 당연히 어디까지나 그녀 특유의 농담이었다. 그런데 채빈은 진중해진 표정으로 운디네를 바라보며 고개를 끄덕이는 것이었다.

"어, 그래야겠어."
"네? 주인님?"
"확실히 자를 필요가 있겠어."
"잠시만요, 주인님. 저는 그냥 농담……."

운디네가 뒤늦게 당황해서 말을 더듬으며 변명했다. 채빈은 운디네의 말을 한 귀로 흘리며 그 자리에서 은효에게 답장을 보냈다.

"만나시려고요?"
"어, 만나서 얼굴 보고 얘기하려고."
"지금 주인님 표정 너무 무서워요."
"내가 뭘."
채빈이 아무렇지도 않은 듯 대답하며 냄비에 불을 올렸다.
형광등 빛이 반사된 냄비의 물 위에 얼굴이 어슴푸레 비춰지고 있었다. 돌처럼 딱딱하게 굳은 자신의 얼굴이 참 낯설다고, 채빈은 문득 생각했다.
"만나셔서 무슨 얘길 어떻게 하실 생각이신데요?"
"뭐, 그냥 대충."
"주인님."
"진라면을 먹을까, 신라면을 먹을까."
채빈이 찬장을 열고 태연스레 콧노래를 부르기 시작했다.
더 말하고 싶지 않다는 무언의 의지. 운디네는 그저 측은한 시선으로 채빈의 뒷모습을 물끄러미 바라볼 뿐이었다.

크리스마스이브엔 아침부터 함박눈이 펑펑 쏟아지고 있었다.
채빈은 정오를 조금 넘겨 집을 나섰다. 두 귀가 아플 정도로 거센 추위 때문에 옷깃 속으로 목이 자꾸만 움츠러들고 있었다.

'조용하네.'

큰길로 나선 채빈의 눈앞에서는 크리스마스이브라고는 여겨지지 않는 평범한 겨울 풍경만 줄기차게 펼쳐지고 있었다.

세상살이가 퍽퍽해서일까. 크리스마스이브라고 하면 흔히 연상할 만한 아름다운 풍경은 어디에도 없었다. 채빈은 행복에 겨운 연인들 대신 서로 멱살을 잡고 나뒹구는 택시기사와 버스기사를 봐야 했고, 아름답게 울려 퍼지는 캐롤 대신 지하철 층계에서 나물을 팔던 할머니들을 쫓아내는 소리를 들어야 했고, 따스함에 넘쳐나는 구세군 냄비 대신 죽은 듯 엎드려 있는 노숙자의 머리맡에 놓인 냄비에 지폐 한 장을 넣어야 했다.

먹고살 길이 빠듯한 사람들이 넘쳐나는 거리.

크리스마스이브라고 달라질 것이 뭐가 있겠는가.

채빈은 낭만을 잊어버리고 걸음을 재촉했다. 은효와 만나기로 한 터미널이 가까워올수록 현실감은 부풀었다. 차라리 잘됐다는 생각이 들었다. 은효와의 사이에 결론을 내기로 마음먹은 오늘만큼은 정서가 메말라 있을 편이 나을 것이다.

터미널에 도착하니 약속시간에서 정확히 5분 전이었다.

채빈은 은효가 탔을 버스의 정류장으로 가 벤치에 앉았다.

얼마 지나 한 대의 버스가 새하얀 눈발을 뚫고 들어와 채빈 쪽으로 머리를 들이밀었다. 열린 문을 통해 가장 먼저 내린 승객은 은효였다.

"채빈 오빠!"

은효가 한눈에 채빈을 알아보고 반갑게 부르며 뛰어왔다. 두툼한 코트 위로 휘감은 목도리 끝자락이 좌우로 펄럭이고 있었다.

"야, 넘어져."

"헤헤, 보고 싶었어!"

은효가 대뜸 채빈의 허리를 와락 끌어안았다. 채빈은 총을 들고 선 경찰 앞의 도둑처럼 두 손을 반쯤 치켜든 채 아연실색했다. 코끝으로 전해져 오는 향긋한 린스 냄새에 머리가 핑 돌았다.

순간 채빈은 언젠가 터미널에서 은효와 만났던 때를 떠올렸다. 반가워서 달려왔다가 코앞에서 멈추고는 수줍게 손을 내밀던 예전의 은효가 아니었다. 아무렇지도 않게 자신을 끌어안고 있는 것이다.

불현듯 채빈은 궁금해졌다. 동물원에서 입을 맞췄던 일을 이후로 은효의 마음에 변화가 생긴 것일까. 은효는 순수하니까 이젠 나를 당연히 남자 친구라고 여기는 것일지도 몰라. 결판을 낼 생각을 하고 이 자리에 나온 채빈은 가슴이 심하게 욱신거렸다.

"배고프지?"

채빈이 살며시 은효를 떼어내며 말했다.

"밥부터 먹으러 가자."

"응, 뭐 먹을까?"

"씨푸드 뷔페 예약했는데 괜찮겠어? 이브라서 웬만한 데는 자리가 없더라고. 인터넷 검색해서 찾은 식당인데 평판은 좋은 편이야."

은효가 두 눈을 동그랗게 뜨고 폴짝 뛰었다.

"오빠 준비성 완전 철저한데? 멋있다."

"비행기 태우지 말고."

"빨리 가자! 나 갑자기 엄청 배고파졌어! 거기 있는 거 다 먹어야지, 히히히!"

은효가 채빈과 팔짱을 꼈다. 조금 경직된 팔을 맡긴 채 채빈은 택시정류장을 향해 걸음을 내딛었다. 은효가 늘어놓는 시시콜콜한 이야기들에 즐거운 척 장단을 맞춰주면서도 채빈의 기분은 한없이 어두웠다.

무탈하게 계획한 대로의 시간이 흘러갔다. 예약한 식당에서 한껏 식사를 하고 난 다음 눈이 내리는 거리를 느긋하게 걸었다. 추위에 몸이 떨릴 즈음이 되어서는 백화점에 들어가 북적이는 사람들 틈을 헤집으며 쇼핑도 했다.

"잘 어울린다. 이 코트 선물로 사줄게."

"또 사준다고? 부츠 벌써 사줬잖아."

"그건 신발이고."

채빈이 코트를 들고 카운터로 향했다. 허둥지둥 그 뒤를 쫓는 은효의 얼굴이 백지장처럼 창백해져 있었다.

"진짜 괜찮아. 오빠, 됐다니까. 이거 너무 비싸. 나 이런 옷 안 좋아해."

"예쁘다고 했으면서 뭘 그래."

"그냥 별 생각 없이 말한 거야! 여잔 다 그래, 그냥 하품처럼 나오는 아무 뜻도 없는 말이라구."

"상관없어. 잘 어울리니까 입어."

"오빠!"

비싼 식사를 대접받은 것만으로도 이미 은효는 채빈에게 미안한 마음을 품고 있었다. 그런 그녀에게 채빈은 백화점에 들어오자마자 고가의 부츠를 선물이라고 사준 것이다. 그로부터 5분도 지나지 않은 지금은 또 코트를 사주겠다고 덥석 집어든 것이다.

은효가 인파에 가로막혀 잠시 고립된 사이 채빈은 카운터에 당도해 코트를 내밀었다. 여직원이 방긋 미소를 지으며 바코드를 찍었다.

"82만 원입니다, 고객님."

"네, 여기요."

"일시불로 해드릴까요?"

"그거 체크카든데요."

"어머, 죄송합니다. 하도 바쁘다 보니 정신이 없어서. 혹시 제휴카드는 없으세요?"

"없어요, 그냥 해주세요."

여직원이 결제를 하고 영수증과 함께 카드를 내밀었다. 은효는 채빈이 서명을 하고 난 다음에야 뒤늦게 인파를 뚫고 기겁한 얼굴로 나타났다.

"언니, 죄송한데 이거 안 살 거예요."

"이미 긁었어, 가자."

"호호호, 좋은 하루 되십시오, 고객님."

"언니! 취소해 달라니까요? 오빠, 놔줘! 환불할 거야!"

"그냥 오라니까 그러네."

"오빠!"

채빈이 손을 놓아주지 않는 바람에 은효는 끝내 환불할 기회를 갖지 못했다. 백화점을 나설 때까지 은효는 울상인 채로 쫑알거렸지만 채빈은 들은 척도 하지 않았다.

즐거운 시간은 거짓말처럼 빨리도 지나갔다. 적어도 은효에게는 그랬다. 가로등 불빛이 아른거리는 거리를 걷다가 추위를 느끼고 커피 전문점에 들어섰을 땐 밤 9시가 넘어가고 있었다.

채빈과 은효는 창가와 면한 자리에 마주보고 앉았다. 두 사람 각자 저마다의 생각으로 머리가 바쁘게 움직이고 있었다.

먼저 말을 꺼낸 쪽은 은효였다.

"오빠."

"어, 말해."

"전에도 말했던 건데… 있잖아, 나 내년부터 오빠가 사는 데 근처에 방 구해서 대학 다닐래. 그러면 매일매일 볼 수 있잖아. 헤헤헤."

채빈의 얼굴이 돌처럼 굳었다. 내심 채빈이 자신의 말에 기뻐해 주길 바랐던 은효는 어쩔 수 없이 실망감을 느꼈다.

"오빠……?"

"저기, 미안한데."

채빈이 지극히 사무적인 어투로 입술을 뗐다. 은효는 알 수 없는 불안감을 본능적으로 느꼈다. 살짝 깨문 그녀의 아랫입술이 춥지도 않은데 떨리고 있었다.

"나 대학 안 가."

채빈이 선언하듯 말하자마자 은효는 두 눈을 부릅떴다.

"왜? 고구려대 입학도 문제없다고 했잖아."

"이것저것 더 해보고 싶어서 그래."

"뭔지는 잘 모르겠지만 대학 다니면서 할 수는 없는 거야?"

채빈이 쓴웃음을 지으며 고개를 끄덕였다. 은효는 멀거니 그런 채빈을 바라본 끝에 이해할 수 없다는 듯 고개를 좌우로 내저었다.

"그리고……."

채빈이 말끝을 흐리며 타는 목으로 침을 한 번 삼켰다. 이제부터가 본론이었다. 은효에게는 상처가 되겠지만 깔끔한 정리를 위해 어쩔 수 없이 지나가야 할 과정이었다.

"사실 여자 친구가 있거든."

"여자 친구?"

"그 친구랑 같이 어학연수 좀 가볼 생각이야. 숨길 생각은 아니었는데 어쩌다 보니 그렇게 됐다."

"누군데?"

"예전에 네 전화 받았던 여자."

"아는 형 여친이라면서?"

"그 형이랑 헤어지고 이제 나랑 사귀어."

"……."

"그냥, 서울 생활하면서 심심하던 차에 만난 거지 뭐."

"……."

은효는 말없이 고개를 반쯤 숙인 채 테이블 끝을 매만지고 있었다.

채빈은 몇 마디를 더 떠들까 하다가 그만두었다. 이제까지 말한 것만으로도 충분하다고 생각했다. 여자 친구가 있다는 말은, 비겁함과는 별개로 다른 말이 나올 여지가 없는 확실한 핑곗거리였다.

"축하해."

잠시 후, 은효가 불시에 고개를 치켜들고는 반짝 웃으며 말했다.

"그런 줄도 모르고 이브에 불러냈네. 으이구, 진작 말하지 왜 숨겼어?"

"그냥 좀 창피해서."

"어쩐지 그 언니가 전화 받았을 때부터 좀 수상하다 싶긴 했어. 참나, 숨길 걸 숨겨야지 그런 걸 왜 숨겨?"

은효의 얼굴은 억지로 웃는 기색이 만연했다. 차마 그런 은효와 시선을 마주하기가 죄스러워서 채빈은 식은 커피를 빨대로 저으며 살며시 웃었다. 그의 미소 역시 억지투성이였다.

별다른 말이 오가지 않고 자리가 끝났다.

터미널까지 가는 동안 채빈과 은효가 나눈 이야기는 TV 코미디 프로그램에 대한 몇 마디뿐이었다. 서로가 의식적으로 진지한 이야기를 피하고 있었다. 피하고 있다는 사실 또한 의식하고 있었기에 두 사람 모두 고통스런 시간이었다.

"연락해, 오빠."

도착한 버스에 오르기 전 은효가 마지막으로 인사를 건넸다. 채빈이 손을 흔들어 보이며 대답했다.

"조심해서 가라."

"선물 고마워, 비싼 건데."

"됐어."

"선물은 의리로 준 거지?"

"......"

"안 받으려고 했는데 얄미워서 받을 거야, 여친 생긴 거 숨긴 죄로."

"미안하다."

"알면 됐어. 추우니까 그만 서 있고 얼른 들어가. 갈게."

빠르게 인사를 마친 은효가 버스에 올랐다. 채빈은 잠시 그 자리에 서 있었다. 그러나 은효는 건너편의 창가자리로 갔는지 버스가 출발할 때까지 얼굴을 보이지 않았다.

'프라이어.'

채빈이 마음속으로 부르자마자 머리 위에서 빛이 반짝였다.

—네, 형님. 말씀하십시오.

'미안한데 은효 가는 것 좀 봐줄래? 시간이 늦어서 좀 걱정이 되네. 집에 무사히 들어가는지만 봐주고 돌아오면 돼.'

—알겠습니다. 걱정 놓으시고 먼저 들어가십시오.

'부탁할게.'

은효가 탄 버스에 프라이어가 슬그머니 몸을 실었다.

그 버스가 터미널을 떠나 사라지길 기다려 채빈도 집을 향해 몸을 돌렸다.

집으로 돌아온 채빈은 몸을 씻고 아무 생각 없이 TV를 틀었다. 내용이 지루하고 제목은 궁금하지도 않은 로맨스 영화가 이제 막 시작한 참이었다.

채빈은 운디네와 함께 맥주를 마시며 멀거니 영화를 보았다. 영화가 끝나고도 한참이 지나서야 프라이어가 창문을 통해 집으로 돌아왔다.

"고생했어. 은효는 잘 들어갔어?"

"네, 형님."

"좀 많이 늦었네. 무슨 일 있었어?"

"그게… 많이 울었습니다."

"울어?"

"네, 버스가 출발하자마자 내릴 때까지 계속. 내려서도 금세 집에 돌아갈 생각은 하지 않고 주저앉아 우는 바람에 아주 혼났습니다. 터미널 직원으로 변신해서 내보내지 않았다면 거기서 밤을 샜을지도 모릅니다."

채빈이 컵을 들고 가득 차 있는 맥주를 단숨에 들이켰다. 차가운 맥주가 목젖을 강타하면서 뜨거운 술기운이 머리꼭대기까지 솟구쳐 올랐다. 싫은 생각은 하지 않기로 했다. 이걸로 깔끔하게 정리됐다. 이건 어떻게 봐도 잘한 일이었다.

채빈은 밀려드는 은효에 대한 생각을 억지로 외면하며 12월의 끝을 흘려보냈다. 조용히 연말을 맞아 두 정령과 함께 타종하는 방송을 보고 나니 어느덧 한 해가 넘어갔다.
"일어나세요, 주인님. 시간 다 됐어요."
한 살 더 먹은 채빈은 머리칼을 부드럽게 쓰다듬는 운디네의 손길을 느끼며 잠에서 깨어났다. 살며시 눈을 뜨자 배시시 웃고 있던 운디네가 한쪽 눈을 찡긋해 보였다.
"오늘이지?"
"네, 이제 자정까지 두 시간 남았어요."
채빈은 마왕성이 열리는 시간이 자정이라는 걸 고려해 며칠 전부터 밤낮을 바꾸고 있었다. 상체를 일으켜 앉아 멍한 정신을 깨우려 애쓰다 보니, 괜스레 채빈은 허탈한 기분이 들었다. 드미트리를 만나 마왕성에 대한 강의를 들었던 게 엊그제 같은데 벌써 30일이나 지나버렸다니.
채빈은 운디네가 만들어 준 샌드위치로 간단히 요기를 했다. 편안한 트레이닝복으로 옷을 갈아입은 뒤 신발을 신으니 딱 자정 5분 전이었다.
"으악, 추워."

현관을 열자마자 새해의 매서운 칼바람이 들이닥쳤다. 채빈은 두 팔을 껴안고 벌벌 떨며 층계를 밟아 지하로 내려갔다.

슈우욱!

마왕성에 도착하자 적정한 온도가 기분 좋게 몸을 휘감았다. 채빈과 두 정령은 진입로를 건너 거대해진 마왕성 안으로 들어섰다. 공터 너머 본성 앞에 앉아 있던 드미트리가 채빈을 보고 몸을 일으키고 있었다.

"어서 오십시오. 시간을 딱 맞춰 오셨군요."

"어쩐 일이세요? 한참 뒤에나 다시 만나게 될 거라고 하셨잖아요?"

"그렇게 됐습니다. 일단 들어오시지요. 본성 내부를 안내해 드리겠습니다."

돌아선 드미트리가 본성의 문을 좌우로 활짝 열었다.

"지금까지 개발하셨던 모든 시설은 본성 내에 자리하고 있습니다. 방별로 구분되어 있으니 사용하시기에 어려움은 없을 겁니다."

본성 내부로 들어선 채빈을 붉은 카펫이 깔린 널찍한 홀이 맞이했다. 정면의 벽에 마왕성(Lv.5), 던전관리소(Lv.3), 공작소(Lv.1), 의뢰소(Lv.1)의 문패가 붙은 은백색의 문이 나란히 달려 있었다.

좌우 구석으로는 2층으로 이어지는 나선형의 층계가 보였다. 층계를 따라 올라가던 채빈의 눈이 천장 한가운데에 달려 있는 샹들리에로 꽂혔다. 꺼지지 않는 촛불이 은은하고도 신비로운 색감으로 불을 밝히고 있었다.

"1층에 없는 여타 시설들은 위층에 있습니다. 앞으로 개발하는 항목들도 위층에 추가적으로 생겨날 겁니다."

"네."

드미트리가 마왕성 문패가 달린 문을 열었다. 그를 따라 안으로 들어선 채빈은 작은 반가움을 느꼈다. 악마 동상이 세워진 낡은 탁자와 침상이 익숙한 풍경으로 그를 기다리고 있었던 것이다.

"우선 새로 생겨났을 개발항목을 확인해 보시지요."

드미트리의 말이 아니었어도 그럴 참이었다.

채빈이 악마 동상으로 손을 뻗었다. 벌어진 동상의 입에서부터 실로 간만에 보는 마왕성의 게시판이 쏟아져 나오기 시작했다.

제2장

드미트리의 장려

이계
마왕성

〈마왕성의 게시판〉

2. 개발가능 목록
A. 집사의 거처(비활성화 Lu.1)
—설명:마왕성 업무를 위임할 수 있는 집사의 거처를 개발한다. 이 시설을 개발하고 나면 집사를 고용할 수 있는 항목이 나타난다.
—소요시간:5분
—요구조건:8ㅁ코인

B. 크리쳐 관리실(비활성화 Lu.1)

―설명:크리쳐 관리실을 개발한다. 크리쳐의 알을 구입하고 부화시킬 수 있으며 더불어 양육 및 관리가 가능해진다.

―소요시간:3분

―요구조건:15모코인

C. 공작소(Lu.1 Lu.2)

―설명:공작소가 Lu.2로 개발된다. 물품의 합성과 강화가 가능해진다.

―소요시간:2모분

―요구조건:1모5코인

D. 속성수련실(비활성화 Lu.1)

―설명:고유시설. 마왕성 시설 내부에 부속으로 속성수련실을 개발한다. 속성수련실에서 수련할 경우 능률이 대폭 상승한다. 1회에 2시간까지 사용이 가능하며 재사용하려면 18시간이 경과해야 한다. 고유시설로서 어느 한 마왕성에서 활성화하면 다른 마왕성에서는 개발이 불가능하다.

―소요시간:6분

―요구조건:루엔클라우스 코인 1개

"많다……!"

채빈이 혀를 내둘렀다. 키가 큰 드미트리가 채빈의 등 뒤에서 고개를 살짝 내밀며 설명했다.

"집사의 거처가 개발되면 여러 방면에서 편해지실 겁니다."

"집사가 하는 일이 뭔데요?"

채빈이 심드렁하게 물었다. 집사랍시고 고용해봤자 그다지 시킬 일이 없을 것 같았다. 끽해야 동상 투입구에 코인 대신 넣어주고 개발항목 대신 눌러주는 정도? 청소를 할 필요도 없는 이 마왕성에서 집사를 고용할 필요가 뭐가 있단 말인가.

드미트리가 연미복 소매를 탁탁 털며 대답했다.

"집사라는 것은 설명에 나온 대로 마왕성의 업무를 도맡게 되지요."

"이곳에 도맡을 업무가 있다고 보십니까?"

"물론 당장은 집사의 효용성이 와닿지 않을지도 모릅니다. 시킬 만한 일이 별로 없으니까요. 하지만 시간이 가고 마왕성의 개발이 진행될수록 집사의 소중함을 느끼시게 될 겁니다. 더 많은 시설과 던전이 나올 테니까요. 우선 하나만 예를 들자면… 그렇지, 이겁니다."

드미트리가 손가락으로 말풍선 개발항목 중 크리쳐 관리실을 가리켰다.

"내용에 나와 있듯이 이것은 크리쳐를 고용할 수 있는 시설입니다. 고용한 크리쳐는 주인 없이도 독자적으로 던전에 진입할 수가 있습니다."

"제가 없어도 혼자 던전을 공략한다고요?"

채빈은 소스라치게 놀랐다. 두 정령 프라이어와 운디네도 독자적으로 던전에 진입하지는 못하는데 이 크리쳐라는 것은 그것이 가능하다는 얘기인가.

"공략 여부는 크리쳐의 능력에 달렸지요. 능력이 충분하면 당연히 공략도 가능합니다. 던전의 난이도보다 너무 능력이 낮으면 사망할 수도 있지만요."

"으음……."

"다만 최초의 1회는 주인이 직접 공략해야 합니다. 공략하지 않은 상태의 던전에는 크리쳐도 들어갈 수 없습니다. 크리쳐가 진입할 수 있는 건 2회째부터입니다."

때마침 칸체레 수도원 던전을 생각하며 크리쳐를 들여보낼 궁리를 하고 있었던 채빈은 맥이 탁 풀렸다. 무조건 처음 한 번은 자신이 직접 공략해야 한다니. 맨입으로 먹는 건 역시 불가능한 일이었구나.

"한 가지 더. 던전의 재진입주기 역시 크리쳐에게는 주인과 별개로 적용됩니다. 이것이 중요한 점이지요."

"별개로요?"

"첫번 진입이 가능한 던전을 주인과 크리쳐가 각각 한 번씩 총 두 번 진입할 수 있게 되는 것입니다."

채빈이 두 눈을 휘둥그레 떴다.

"아니, 그럼… 크리쳐를 한 100마리 정도 부화시켰다고 가정하면요. 독트로스 광산 던전을 일주일에 100번씩 공략할 수도 있다는 거잖아요?"

드미트리가 가볍게 웃으며 고개를 끄덕였다.

"이론적으로는 그렇습니다. 하지만 크리쳐 고용에는 한계가 있습니다. 당장 Lv.1에서는 한 마리만 고용이 가능합니다."

그런 제약이 또 있었구나.

채빈의 얼굴에 아주 잠시 아쉬운 기색이 어렸다가 사라졌다.

"어찌됐든 대단한 건 대단하네요. 한 마리만 고용할 수 있다고 해도 그게 어디예요."

채빈의 말은 단순한 너스레가 아니라 진심이었다. 크리쳐 한 마리를 고용하면 독트로스 광산 던전을 일주일에 한 번씩 더 공략할 수 있게 되는 것이다. 그렇게 되면 실질적으로 코인의 획득양도 두 배로 늘어날 것이고.

이제는 자기 방처럼 구조를 샅샅이 외워버린 독트로스 광산 던전과 동부 지저성 던전이 채빈의 눈앞에 아른거리고 있었다. 그저 코인을 벌기 위해 주말 아르바이트 가듯이 드나들었던 두 던전을 얼마나 지겨워했던가. 그 지루하고 귀찮기 짝이 없는 던전 공략을 떠넘길 수 있다는 생각만으로 채빈은 뼛속 깊이 짜릿함을 느꼈다.

"집사는 바쁜 주인 대신 크리쳐를 관리하고 던전 별로 재진입주기에 맞춰 크리쳐를 들여보낼 수도 있습니다. 던전을 공략한 크리쳐가 가져온 전리품도 관리하지요."

"확실히 그런 건 편하겠네요."

채빈이 고개를 주억거리며 대충 대답했다. 드미트리의 말마따나 언젠가 집사의 존재가 절실해질 수도 있겠지만 어찌됐든 지금 당장은 아니었다.

바로 그때였다.

드미트리의 입에서 엉뚱한 말이 튀어나온 것은.

"하지만 집사의 거처를 개발하실 필요는 없습니다."

"네에?"

채빈은 어안이 벙벙한 얼굴로 드미트리를 쳐다보았다. 주구장창 집사가 좋네 마네 연설을 해대던 사람이 이제는 또 개발을 하지 말라니. 어느 말에 장단을 맞춰줘야 하나 이죽거리는 채빈 앞에서 드미트리가 허리를 깊이 숙이며 말했다.

"제가 당신을 위한 집사가 되겠습니다."

"네?"

"지금의 당신은 집사의 효용성을 크게 느끼시지 못하니 제가 임시로 집사 업무를 도맡겠습니다. 부담 갖지 마시고 마왕성 내에 한해서 번거로운 일은 모두 저에게 시키십시오."

"뭐 그렇게까지… 그래주시면 감사하긴 하지만요."

"이제부터 호칭을 주인님으로 바꾸겠습니다."

"그 호칭이야말로 좀 부담스러운데요."

채빈이 뒷머리를 긁적이며 말했다.

허리를 펴고 선 드미트리는 두 손을 포갠 공손한 모습으로 여기저기를 기웃거리고 있었다. 마치 이제 자신은 집사가 되었다고 선언하는 듯한 기색으로.

'뭔가 분위기가 예전에 봤을 때완 다른데.'

집사를 자처하는 드미트리가 미심쩍긴 했지만 그것도 잠깐이었다. 가만히 곱씹어 보니 이건 잘된 일이었다. 집사의 거처 개발비용이 굳은 점은 둘째치고, 마왕성에 대해 잘 아는 정보원을 고용했다고 생각하면 이 얼마나 잘된 일인가.

채빈은 집사 본연의 역할보다는 정보적인 측면에서 드미트리에게 기대를 걸고 있었다. 사람과 사람이 가까이서 지내다 보면 친해지는 건 당연지사다. 시간이 지나고 사이가 가까워지면 드미트리는 마왕성과 얽힌 많은 이런저런 비밀스런 이야기를 들려줄지도 모른다.

"뭔가 궁금하신 점은 없으십니까?"

드미트리의 물음에 채빈이 상념에서 깨어났다.

"음, 궁금한 거요."

마왕성의 게시판으로 눈길을 돌리며 채빈이 입을 열었다.

"공작소는 알고 있으니까 넘어가고요. 제일 밑에 속성수련실 항목 말인데요. 좀 특이하네요?"

"그것은 고유시설이지요. 천화지나 로쿨룸의 후보가 먼저 이 시설을 개발하면 주인님은 개발하실 수 없게 됩니다."

"먼저 개발하는 사람이 임자라는 거군요. 그리고… 아, 요구조건 말인데요. 좀 다르네요? 루엔클라우스 코인이라는 게 정확히 뭔가요?"

"굉장히 희귀한 코인입니다. 세 명의 후보가 속한 각 세계마다 단 한 개씩만 어딘가의 던전에 숨겨져 있습니다."

"딱 한 개요?"

채빈이 토할 것 같은 얼굴로 되물었다.

"네, 딱 한 개요."

"무슨 수로 찾아요? 지도나 그런 게 있습니까?"

"없습니다."

단호하게 고개를 가로젓는 드미트리의 얼굴이 채빈에게는 마치 자신을 놀리는 것처럼 느껴졌다. 드미트리가 한마디를 덧붙였다.

"솔직히 말씀드리자면 속성수련실 개발은 일찌감치 포기

하시는 편이 낫다고 봅니다."

"만들기가 어려워서?"

"그렇지요. 루엔클라우스 코인을 얻을 확률이 극히 적으니까요. 한 세계에 단 한 개입니다. 단 한 개."

드미트리가 되풀이하여 강조했다.

하지만 포기하기를 권유받은 채빈의 마음은 오히려 더욱 끌렸다. 기실 채빈은 속성학습실을 통해 속성으로 배우는 묘미와 쾌감을 이미 알아버린 후였다. 속성학습실 덕분에 토익과 JPT 900점을 단숨에 돌파하고 수능에서도 고구려대에 입학할 수 있을 고득점을 얻어냈다. 적어도 현실의 평범한 스스로에게 가장 큰 도움이 된 시설이라고 채빈은 여기고 있었다.

'아, 이것만 개발하면 진짜 빨리 강해질 텐데.'

루엔클라우스 코인이라는 건 대체 세계 어디에 있을까. 채빈은 입맛을 다시며 그림의 떡에 지나지 않는 속성수련실 개발항목을 오래도록 뚫어져라 바라보았다.

"에이, 할 수 있는 것부터 해야지."

채빈은 중얼거리며 그간 획득한 코인을 잔뜩 쌓아놓은 탁자로 향했다. 일단 개발이 가능한 시설들부터 개발시키고 볼 일이었다.

"지금 개발하실 겁니까?"

코인 더미로 손을 뻗는 채빈의 등 너머에서 드미트리가 물었다.

"네, 일단 만들 수 있는 것들부터 다 만들고, 얻어낼 수 있는 것도 다 얻어내고, 그리고 나서 칸체레 수도원 다섯 개 던전을 공략하러 가려고요."

드미트리가 탁자로 다가와 채빈의 눈앞에 섰다.

"제가 대신 개발할 테니 쉬고 계십시오. 이제부터 이런 건 저에게 맡겨주시면 됩니다."

"아, 네… 그럼, 그럴까요?"

채빈이 어색하게 쭈뼛거리며 일어섰다. 드미트리는 채빈이 일어난 자리에 긴 다리를 착착 접고 쪼그려 앉았다. 그러고는 진지하기 짝이 없는 표정으로 허리를 굽힌 채 코인을 넣기 시작했다. 그 모습이 우스꽝스러워서 채빈은 뒤로 돌아 웃음이 터지기 직전의 제 얼굴을 두 손바닥에 묻었다.

"아, 모르실 것 같아서 말씀드리지만 마왕성을 벗어나시지 않아도 됩니다."

달그락달그락 코인을 밀어 넣으며 드미트리가 불쑥 말했다.

"마왕성이 Lv.5가 된 이후부터는 아공간이 변형하지 않습니다. 때문에 이제는 예전처럼 시설을 개발하는 동안 자리를 비우실 필요가 없습니다."

"아, 네."

"그리고 코인은 획득하면 미리 넣어두셔도 되는데 왜 이렇게 잔뜩 쌓아놓으셨는지…… 불평하는 건 아닙니다만."

말과는 다르게 어떻게 들어도 확실한 불평이었다.

드미트리는 더 이상 말없이 코인 투입에만 열중했다.

채빈은 왠지 거북해서 슬그머니 방을 나섰다. 그렇지만 딱히 할 일도 없었는지라 마왕성 주위를 조금 거닐다가 본성 옆의 공터에 쪼그려 앉았다. 운디네와 프라이어는 조금 떨어진 허공에서 채빈은 모르는 이유로 말다툼을 하느라 여념이 없었다.

"개발 완료되었습니다, 주인님."

20분이 조금 넘게 지났을 때 드미트리가 본성 앞으로 나와 말했다. 운디네에게만 들었던 주인님이라는 호칭을 남자로부터 들으니 채빈은 낯간지러운 기분을 느꼈다.

"공작소는 Lv.2로 개발되었고 크리쳐 관리실은 Lv.1로 활성화되었습니다. 올라가셔서 직접 확인하시지요."

채빈은 드미트리의 안내에 따라 본성으로 들어가 나선계단을 밟아 2층으로 올랐다. 그곳의 가장 왼편과 오른편에 각각 공작소(Lv.2)와 크리쳐 관리실(Lv.1)이 설치된 상태였다.

"어디부터 들어가시겠습니까?"

"음……. 공작소요. 프라이어! 내 무기들 좀 챙겨다 줄래? 빅터 파우스트랑 사령검이랑 다 가져다줘. 일단 공작소에서

할 수 있는 건 다 해보게."

"네, 형님."

프라이어가 빛을 흩뿌리며 허공 저편으로 날아갔다. 문 앞에 서서 채빈은 기대감으로 가슴을 한껏 부풀렸다. 드디어 물품의 합성과 강화를 할 수 있게 된 것이다.

채빈은 팔을 들고 손목에 찬 시그너스 아머 팔찌를 어루만지며 야트막한 감회에 젖었다. 마왕성에서 얻은 아이템들 중에서 지금까지 가장 요긴하게 사용해 왔던 시그너스 아머. 도저히 현실의 같은 사람이라고는 믿어지지 않는 천기광의 괴력에 찌그러지는 수모도 겪었지만 여러 전투에서 채빈을 구해준 일등공신인 건 분명한 사실이다.

공작소의 팻말을 바라보며 채빈은 두 주먹을 불끈 쥐었다. 미사일에 직격으로 맞더라도 흠집 하나 생기지 않을 만큼 최강의 갑옷으로 강화시켜 줄 테다.

프라이어가 빅터 파우스트와 사령검을 가지고 돌아왔다.

채빈은 공작소 문을 열고 안으로 들어섰다. 내부의 생김새는 변함없이 그대로였다.

갈색 목조로 된 직사각형의 제단. 제단의 전면에서 빛을 번쩍이는 은백색의 사각광판. 광판 윗변의 코인 투입구와 밑변에 줄지어 달린 황금빛의 레버 네 개까지, 모든 것이 꼭 같았다.

"합성이나 강화할 때는 레시피 상태가 아니어도 되는 건가?"

채빈이 고개를 갸웃거리며 혼잣말을 했다. 제작을 할 때는 작은 금속판 형태의 레시피를 사용했었다. 하지만 지금 채빈이 갖고 있는 사령검이나 빅터 파우스트, 그리고 팔목의 시그너스 아머는 레시피 상태를 벗어난 완성품이었다.

"문제없습니다. 완성품 그대로 제단에 올리시면 됩니다."

드미트리가 등 뒤에서 말해주었다. 채빈은 문득 생각했다. 집사의 존재가 생각한 것보다는 유용하다고. 대단찮은 의문이라고 해도 즉각 설명을 해주니 속이 시원했다. 더불어 확실한 지침을 알려주니 행동에서 망설임이나 거리낌이 줄어들었다.

"뭘 먼저 하실 겁니까, 형님."

"글쎄……."

채빈이 말끝을 흐리며 바닥에 놓인 빅터 파우스트와 사령검을 번갈아 내려다보고 있었다. 도움이 영 안 되는 무기는 아니었다. 빅터 파우스트는 언데드 몬스터들을 대상으로, 사령검은 칸체레 수도원에서 속성반사 몬스터를 대상으로 요긴하게 사용했었다.

하지만 바꿔서 생각하면 반드시 필요한 무기 또한 아니었다. 이제는 빅터 파우스트와 사령검의 힘을 빌리지 않아도 될 만큼의 능력을 갖고 있으니까. 강화를 한다면야 얘기가 달라지겠지만 적어도 지금 상태에서는 말이다.

한마디로 채빈의 마음은 이 두 무기를 합성하고 싶은 쪽으로 기울고 있었다. 시그너스 아머를 합성에 사용하는 건 너무 큰 모험이었다. 합성이 잘못되어 시그너스 아머가 사라지기라도 하면 당장 칸체레 수도원 던전부터도 들어갈 엄두를 내지 못할 것이다.

운디네가 채빈의 망설이는 마음을 알아채고 말했다.

"눈 딱 감고 합성하세요, 주인님. 시그너스 아머도 있는데 잘못되면 뭐 어때요? 또 구하면 되지."

"그치? 또 구하면 되는 거지?"

"그럼요. 등급도 낮은 무기들인데 아까워하지 말고 한 번 경험해 보세요. 앞으로 주인님은 훨씬 좋은 무기 레시피들을 잔뜩 얻으시게 될 텐데 뭘 조바심을 내세요? 어서요."

운디네가 채빈의 등을 떠밀었다.

채빈은 발치에 놓인 빅터 파우스트와 사령검을 하나씩 제단 위에 올려놓았다. 그리고 네 개의 레버 중 '합성'이라고 적혀 있는 레버를 앞으로 당겼다. 광판 위로 설명이 떠올랐다.

[합성의 장]
—레시피로 제작한 2개 이상의 물품을 합성해 전혀 새로운 물품을

만들어낸다. 실패하게 되면 합성에 사용된 물품은 완전히 파괴된다.

―활성화 상태.

채빈은 마른 입술을 혀끝으로 적시며 광판으로 손을 내밀었다. 제단에 놓인 빅터 파우스트와 사령검을 인식하고 화면이 갱신되었다.

〈합성 준비〉

―합성1제:빅터 파우스트(B등급, 무기, +ㅁ)

―합성2제:사령검(B등급, 무기, +ㅁ)

―합성비용:1ㅁ코인

―위에 명시한 물품들을 합성합니다. 코인을 넣고 합성 레버를 당기십시오.

"과연 마왕성. 기어코 내 코 묻은 돈을 가져가네."

"이럴 줄 알고 코인을 좀 가져왔어요. 어서 넣으세요, 주인님."

"땡큐."

채빈은 운디네에게 코인을 받아 투입구에 집어넣었다. 그리고 두 눈을 질끈 감으며 레버를 힘차게 당겼다. 진동과 함께 제단이 빛에 휘감겼다. 채빈은 진동이 잦아들기를 기다려

조마조마한 심정으로 살며시 눈을 떴다. 전면의 사각광판에 합성결과가 떠오르고 있었다.

―합성에 성공했습니다.

"굿 잡!"
채빈이 쾌재를 부르며 제단 위를 살폈다. 시그너스 아머의 평소 형태와 비슷한 검은색의 팔찌 하나가 덩그러니 놓여 있었다.
"뭐야, 이것도 설마 갑옷인가?"
시그너스 아머보다 특출나게 월등한 갑옷이라면 실망할 이유가 없을 것이다. 하지만 비슷하거나 아주 조금 좋은 정도라면? 아니, 오히려 더 능력이 떨어진다면? 채빈은 복잡한 감정으로 얼굴을 구긴 채 팔찌를 집어 들었다.
"근데 이건 어떻게 감정하지? 감정의 장은 아직 활성화가 안 됐잖아. 제작할 때처럼 레시피를 올리면 설명이 나오는 것도 아니고……."
채빈은 난처한 눈길로 팔찌를 이리저리 뜯어보았다. 바로 그 순간, 드미트리가 채빈의 앞으로 다가와 활짝 편 손바닥을 내밀며 말했다.
"잠깐 저에게 주십시오."

"아, 네. 여기요."

채빈이 주섬주섬 팔찌를 건넸다. 손아귀로 팔찌를 가볍게 쥐면서 드미트리가 말했다.

"주인님께 말씀드려야 하는 집사의 장점 중요한 것 하나를 잊었군요."

"중요한 거요?"

슈우우욱!

대답 대신 드미트리의 손에서부터 빛이 솟구쳤다. 솟구친 빛이 말풍선 형태로 탈바꿈하기 시작할 때 드미트리가 나직이 덧붙였다.

"집사는 마왕성 던전에서 구한 모든 물품을 감정할 수 있습니다. 앞으로 많이 이용해 주시기를."

감탄해 마지않는 채빈의 앞에서 말풍선이 완성되었다. 말풍선은 빅터 파우스트와 사령검을 합성시켜서 만들어낸 결과물에 대해 설명하고 있었다.

〔테스타 가드〕

종류:특수방어구
방식:마나연동형
착용제한:3서클 이상의 마나
부가효과:확장(기본)

등급:1등급
방어력:측정불가

물품설명:마왕 테스타의 레시피로 제작되었다고 전해지는 특수한 방패. 사용자의 마나 95퍼센트를 소비하여 120초간 유지되는 대 마법 전용 절대방패를 만들어 낸다. 강화수치에 따라 방패의 크기를 총 5단계까지 확장시킬 수 있다. 1단계 확장시킬 때마다 사용시간이 12초씩 줄어든다.

"…으흠?"

채빈이 애매한 표정으로 뺨을 긁었다. 가진 마나의 95퍼센트를 쏟아붓고 발동시킨다는 점이 마음에 걸렸다. 말이 95퍼센트지 가진 마나를 다 쏟아부으라는 거나 다름없는 얘기다.

그나마 마나가 고갈되어 기절하는 일이 없도록 5퍼센트라도 남겨주는 데에 고마워해야 하는 것일까.

"뭐, 상대량이니까 좋은 거겠지. 마나가 좁쌀만큼 남았을 때라도 사용이 가능하다는 거니까. 갖고 다니면 힘이 될 때가 있을 거야."

채빈은 드미트리로부터 테스타가드 팔찌를 건네받아 팔목에 찼다. 그리고 이번에는 시그너스 아머 팔찌를 풀었다. 합성은 마쳤으니 강화를 시킬 차례였다. 강화 레버를 당기자 백색광판이 갱신되었다.

〔강화의 장〕

―레시피로 제작한 물품을 강화한다. 강화에 성공하면 해당 물품이 보유하고 있는 능력이 상승한다. 실패할 시 4강까지는 고정. 5~7강에서는 1단계 감소, 8강 이상부터는 물품이 완전히 파괴된다.

―활성화 상태.

"주인님, 시그너스 아머를 강화하시게요?"

"어, 너희도 그때 기억하지? 문래동 공단에서 그 덩치랑 싸웠을 때 시그너스 아머 찌그러졌던 거. 솔직히 그때 진짜 똥줄 심하게 탔거든. 시그너스 아머를 철석같이 믿고 있었는데 그 괴물놈이 찌그러뜨린 거잖아. 최소한 같은 인간에게 그런 치욕을 당하지 않을 만큼이라도 강화시키고 싶다."

"7강까지 해보시죠. 7강까지는 파괴되지 않고 등급만 내려갈 뿐이니까요."

"오케이."

채빈이 시그너스 아머 팔찌를 제단 위에 놓고 화면으로 손을 뻗었다.

〔강화 준비〕

―강화 전:시그너스 아머(B등급, 방어구, +0)

―강화 후:시그너스 아머(B등급, 방어구, +1)

―강화비용:1코인

―위에 명시한 물품을 강화합니다. 코인을 넣고 강화 레버를 당기십시오.

"단숨에 7강까지 가자! 칩사마 도와줘! 나에게 뎅기열 버프를!"

끼이익!

채빈이 고함을 내지르며 레버를 힘차게 당겼다. 짧은 진동과 함께 빛이 지나가고 광판 위로 결과가 떠올랐다.

―강화에 성공하였습니다 (+1).

"운디네, 코인 계속 더 넣어줘. 4강까지 띄우고 나서 확인은 한꺼번에 할 거니까."

"네, 주인님."

운디네가 부지런히 코인을 투입구로 밀어 넣었다. 10코인이 들어가기 무섭게 채빈은 화면을 활성화시키고 강화 레버를 당겼다.

끼이익!

―강화에 성공하였습니다 (+2).

"쏘 쿨!"
끼이익!

―강화에 성공하였습니다(+3).

"느낌 좋고! 한 번만 더 고고!"
끼이익!

―강화에 성공하였습니다(+4).

"좋아, 일단 4강까지는 무리없이 띄웠고!"
 이제부터가 중요했다. 여기서부터는 실패하면 등급이 고정되는 것이 아니라 하락하는 것이다. 채빈은 제발 7강이 금세 뜨기를 간절히 바라며 땀에 젖은 강화 레버를 붙잡아 힘차게 당겼다.
 끼이익!

―강화에 성공하였습니다(+5).

"아싸, 출발 좋아!"

끼이익!

―강화에 성공하였습니다 (+6).

"됐어! 이제 한 방 남았다! 으흐흐, 오늘 무슨 날인가?"
단숨에 6강까지 띄우고 한껏 흥분한 채빈의 심장이 터질 듯이 쿵쾅거리고 있었다. 채빈은 혹여 빈틈을 타 부정한 기운이라도 파고들까 서둘러 레버를 당겼다.
끼이익!

―강화에 실패하여 등급이 내려갔습니다 (+5).

"그래, 뭐 실패할 수도 있는 거지. 원래 그런 거야!"
끼이익!
―강화에 성공하였습니다 (+6).
"자, 이번엔 7강까지 가는 거야!"
끼이익!
―강화에 실패하여 등급이 내려갔습니다 (+5).
"괜찮아, 괜찮아! 흥분하지 말고 침착하게 가자!"
끼이익!
―강화에 성공하였습니다 (+6).

"진짜 마지막이다! 한 번 시원하게 뜨자!"

끼이익!

―강화에 실패하여 등급이 내려갔습니다(+5).

"아우, 좀!"

끼이익!

―강화에 성공하였습니다(+6).

끼이익!

―강화에 실패하여 등급이 내려갔습니다(+5).

끼이익!

―강화에 성공하였습니다(+6).

끼이익!

―강화에 실패하여 등급이 내려갔습니다(+5).

끼이익!

―강화에 성공하였습니다(+6).

끼이익!

―강화에 실패하여 등급이 내려갔습니다(+5).

끼이익!

―강화에 실패하여 등급이 내려갔습니다(+4).

"씨이발!"

채빈이 입에 거품을 물고 두 주먹으로 제단을 쾅, 내려쳤다. 기세 좋게 잘 나가다가 막판에 이렇게 엎어지는 건 또 무슨 경우란 말인가.

"운디네, 지금까지 얼마 썼지?"

"170코인이요."

채빈이 머리칼을 뒤헝클며 포효했다. 순식간에 170코인이라는 거금을 날려버렸다. 눈앞이 다 캄캄해지는 기분이었다. 도박은 손도 대지 말라고 못을 박듯 말씀하시던 생전 부모님의 얼굴이 눈앞에 떠올랐다. 어머니, 아버지, 이 견디기 버거운 참담함은 무엇인가요.

"아오, 6강에서 멈출 걸 그랬나. 아니, 이제 와서 후회해봤자 소용없지. 소용없는 거야."

채빈이 제 뺨을 두드리며 스스로를 납득시켰다. 지금까지 쓴 코인이 아까워서라도 끝장을 봐야만 했다.

"더 하실 거예요, 주인님?"

"칼을 뽑았으면 두부라도 잘라야지. 끝까지 간다!"

끼이익!

ㅡ강화에 성공하였습니다 (+5).

끼이익!

ㅡ강화에 성공하였습니다 (+6).

"제발 이번에는 시원하게 좀 떠라!"

끼이익!

―강화에 실패하여 등급이 내려갔습니다(+5).

"미치겠네, 진짜!"

끼이익!

―강화에 성공하였습니다(+6).

"한 번만 더 좀 가자고!"

끼이익!

―강화에 실패하여 등급이 내려갔습니다(+5).

끼이익!

―강화에 성공하였습니다(+6).

끼이익!

―강화에 성공하였습니다(+7).

"우와아아아아아아아아앗! 됐다!"

채빈이 두 손을 활짝 들고 만세를 외쳤다. 두 다리에 걸려 고꾸라져서도 그는 웃고 있었다. 핏기가 사라져 푸르뎅뎅해진 입술을 벌벌 떨면서.

"감정해 드리겠습니다."

드미트리가 제단에서 시그너스 아머를 집어 들었다. 손아귀에서 빛이 솟구치면서 무려 270코인을 집어삼킨 시그너스 아머의 감정 결과가 말풍선으로 떠올랐다.

〔시그너스 아머(+7)〕

종류:방어구 등급:B등급
방식:마나연동형 방어력:68(4마+2B)
착용제한:2서클 이상의 마나
부가효과:레비테이션 윙(기본), 사용시간 15초 추가(+1), 사용시간 15초 추가(+2), 프로스트 바(+3), 사용시간 15초 추가(+4), 사용시간 15초 추가(+5), 사용시간 1분 추가(+6), 시그너스 빔(+7)

"와, 형님! 이건 정말 대단한데요!"

"너무 좋다! 방어력 오른 건 그렇다고 치고 부가효과들 좀 보세요, 주인님!"

프라이어와 운디네가 약속한 것처럼 함께 탄성을 내질렀다.

채빈은 얼마간 넋이 나간 눈길을 말풍선에 둔 채로 떠엄떠엄 물었다.

"원래 시그너스 아머 사용시간이… 얼마였지?"

"8분입니다, 형님."

"그래, 그럼 이제는……."

"2분이 추가돼서 총 10분을 사용하실 수 있게 됐습니다. 전보다 훨씬 여유로우시겠군요."

"일단 착용을 해보세요. 프로스트 바랑 시그너스 빔도 시험해 보셔야죠."

운디네가 궁금함을 못 이기고 욕조물을 첨벙이며 채근했다.

채빈은 얼떨떨한 상태로 공작소를 나섰다. 그리고 시그너스 아머를 발동시켜 온몸에 장착했다.

"어때요, 주인님? 사용법은 아시겠어요?"

운디네의 그 질문은 애당초 필요가 없었다. 시그너스 아머를 활성화시켜 몸에 장착하자마자 새로이 추가된 기술들의 비전이 뇌리에 각인되었으니까.

본성 앞의 공터로 나선 채빈은 호흡을 가다듬고 우선 프로스트 바의 비전을 떠올렸다. 바로 다음 순간, 느닷없는 한기가 채빈의 다리에서부터 머리끝까지 차오르기 시작했다.

"어, 갑자기 왜 이렇게 춥지?"

콰드드드드득!

"우악!"

채빈은 하마터면 다리가 꼬여 넘어질 뻔했다. 냉기로 뒤덮인 시그너스 아머의 표면 전체를 타고 수백 개의 얼음송곳이 비죽비죽 머리를 내밀고 있었다. 어느새 채빈은 은백색의 고슴도치가 되어 있었다.

"아, 이렇게 하는 거구나. 비전이 알려주고 있어. 목표물에 매직 타깃을 걸고 비전을 따라 마나를 발동하면 이 얼음송곳들이 한꺼번에……."

"으악! 쏘지 마세요, 형님! 여기선 안돼요!"

"너희들이 해보라며?"

"이제 알았으니까 됐어요, 주인님! 얼른 멈추세요!"

두 정령이 사색이 되어 채빈을 뜯어말렸다.

채빈이 프로스트 바의 비전을 외면하고 마나를 거둬들였다. 곧바로 얼음송곳들이 한꺼번에 녹아 물이 되어 뚝뚝 떨어졌다. 바닥에 고인 물웅덩이 중앙에 선 채로 채빈이 말했다.

"이건 네 번까지는 사용할 수 있겠다. 마나 소모가 그렇게 심하진 않아."

"시그너스 빔은 어떻습니까? +7짜리 기술 말예요."

"아, 시그너스 빔은… 어디 보자……. 이건 두 번 쓰면 고작이겠는데? 지금 써볼까? 대충 무슨 기술인지는 알겠어. 머리에 그려지거든."

두 정령이 질린 표정으로 고개를 빠르게 내저었다.

"아, 아셨다면 그만두시죠. 굳이 해보실 것까지야……."

"그래요, 주인님. 괜히 마나 낭비하지 마세요."

"그래, 그럴까."

채빈이 시그너스 아머를 해제시키고 본래 모습으로 되돌아왔다. 안도의 한숨을 내쉬는 두 정령 앞에서 채빈이 한껏 기지개를 펴며 말했다.

"끄으으, 공작소 일은 다 끝났고 이제 크리쳐 관리실 가 볼 차례네."

"좀 쉬었다 하세요, 주인님. 제가 보기에 너무 흥분하셨어요. 기세가 이렇게 높으면 금세 지쳐요."

"지치긴 뭘 지쳐, 나 완전 팔팔해. 여느 때보다 온몸에 기운이 넘친다고. 드미트리 씨, 안내 좀 부탁드려요."

"알겠습니다. 이쪽으로 오시지요."

크리쳐 관리실을 향해 앞장을 선 드미트리는 남모를 웃음을 입가에 띠고 있었다. 젤마의 비서가 된 이후로 여러 후보들을 보아왔지만 이런 경우는 처음이었다. 마치 축제를 접하듯 정령들과 더불어 즐거워하면서 마왕성을 개발하는 이런 후보는 본 적이 없었다.

'나쁘지는 않은가. 중요한 것은 결과니까.'

드미트리가 크리쳐 관리실의 문을 열었다. 새로운 풍경이 채빈과 두 정령의 시야 속으로 파고들고 있었다.

제3장 크리처 관리실

이계
마왕성

채빈보다 조금 앞선 시각.

천화지의 마왕성에서도 크리쳐 관리실이 개방된 참이었다.

끼이익.

연호제가 문을 열고 크리쳐 관리실 안으로 들어섰다.

50평은 족히 될 만큼 넓어서 그녀는 놀라고 말았다. 문 안에 어떻게 이토록 넓은 공간이 만들어질 수 있을까. 그녀는 신기한 마음에 문간 사이에 서서 안과 밖을 번갈아 바라보았다.

크리쳐 관리실의 공간은 8할 이상이 우리로 구성되어 있었다. 여백이 많은 철제 우리 너머에는 볏짚이 깔린 잠자리와 물그릇이 몇 개 놓여 있었다. 별달리 시선을 끄는 특이점은 없었다.

연호제가 시선을 거두고 고개를 오른쪽 구석으로 돌렸다. 거기에는 크리쳐 관리실에서 가장 눈에 밟히는 독특한 시설이 설치되어 있었다.

그것은 거대한 알 형태의 구조물이었다. 굵직한 쇠사슬이 곡선을 그리며 알을 칭칭 휘감고 있었다. 알의 머리꼭대기에는 코인 투입구와 은백색의 사각광판, 그 밑으로 각각 '알', '먹이'라고 적힌 레버가 하나씩 달려 있었다. 연호제는 알의 하부에 달려 있는 배출구를 내려다보며 가까이 다가섰다.

'이렇게 하는 것인가.'

연호제가 광판을 활성화시켜 간단히 방법을 숙지했다. 그런 다음 주머니에서 코인을 꺼내 동전 투입구에 집어넣었다. 100코인을 모두 넣고 난 그녀는 '알'이라고 적힌 레버를 힘껏 당겼다.

덜컹!

알 하나가 배출구로 떨어져 내렸다. 달걀보다 조금 큰 크기의 알이었다. 연호제는 표면이 촉촉이 젖어 있는 알을 조심스럽게 두 손으로 받쳐 들었다. 농밀한 따스함이 전해져 왔다.

'이제 마나를 불어넣으라고 했지.'

연호제가 차분하게 마나를 끌어내 손안의 알로 흘려 넣었다. 잠시 후, 잔가지처럼 껍질에서 균열이 일기 시작했다. 곧이어 하나의 생명체가 껍질을 힘차게 깨고 그녀의 손바닥 위에서 태어났다.

"낑! 낑낑!"

두 눈이 피처럼 빨갛고 몸은 새까만 강아지였다. 축 늘어진 두 귀를 흐느적거리며 연호제의 손 위에서 울음을 터뜨리고 있었다. 연호제는 우리 쪽으로 가 짚더미 위에 강아지를 살며시 내려놓았다. 알에서 개가 태어났다는 점에 대해서는 그다지 놀라지 않았다. 여기는 마왕성이니까.

'이런 젖먹이를 데리고 전투를 하라고?'

연호제는 기가 차는 동시에 괜한 짓을 했다는 생각이 들었다. 귀찮은 건 딱 질색이었다. 불필요하게 맺어지는 관계가 싫어서 정령도 정령계로 돌려보냈고, 집사의 거처도 고사했다. 그런데 졸지에 울기만 하는 짐승새끼를 돌보게 될 줄이야. 이런 게 나올 줄 알았다면 크리쳐 관리실은 거들떠보지도 않았을 것이다.

"끼잉, 끼잉."

강아지의 울음소리가 힘이 약해지면서 더욱이 구슬픈 음색을 띠었다. 왜 이러나 싶어 지켜보던 연호제는 먹이 레버의 존재를 떠올리고 일어섰다.

'배가 고픈가.'

연호제가 5코인을 넣고 먹이 레버를 당겼다. 곧이어 동전 크기의 자그마한 먹이가 와르르 쏟아져 나오기 시작했다. 연호제는 다급히 우리의 그릇 하나를 집어다 배출구에 댔다. 순식간에 그릇 하나 수북하게 먹이가 쌓였다.

"끼이잉! 낑!"

강아지가 달려와 배출구 앞에서 먹이를 먹어대기 시작했다. 연호제는 그릇에 얼굴을 처박은 채 꼬리와 엉덩이를 살랑살랑 흔들어대는 강아지를 멀뚱히 내려다보다가, 오늘의 일정인 무한 던전을 공략하기 위해 홀로 크리쳐 관리실을 빠져나왔다.

코인을 획득하기 위한 던전 공략은 10여 분만에 끝났다.

본성으로 돌아온 연호제는 탁자에 획득한 코인들을 쌓아놓고 돌아섰다. 그대로 마왕성을 나서려는데 문득 크리쳐 관리실이 있는 위층으로 눈길이 갔다.

'밥은 충분하게 챙겨주는 편이 좋겠지.'

굶는 고통이 얼마나 큰 것인지 그녀는 잘 알고 있었다. 사람이 아닌 한낱 짐승이라고 해도 굶겨 죽일 수는 없었다. 자조 어린 한숨을 내쉬며 그녀는 계단을 밟아 크리쳐 관리실로 향했다.

"이런……!"

문을 열자마자 또렷한 당혹이 그녀의 얼굴을 굳어지게 만들었다. 배가 고프다고 낑낑거리던 손바닥만 한 강아지에게 먹이를 챙겨준 게 불과 10분 전의 일이었다. 그런데 지금 눈앞에 보이는 것은 강아지가 아니었다. 50센티를 넘는 검은 개가 붉은 눈을 껌벅이며 연호제에게 꼬리를 흔드는 것이었다.

'성장이 이렇게 빠를 수가 있나?'

먹이를 가득 채웠던 그릇은 벌써 텅 비어 있었다. 연호제는 뭔가 생각한 얼굴로 일어나 알 자판기로 갔다. 그리고 5코인을 넣고 또 한 그릇 가득한 양의 먹이를 구입했다.

"먹어."

"끄으응……."

개는 먹이에 코를 대고 킁킁거릴 뿐 더 먹지 않았다. 아무래도 배가 부른 모양이겠거니 생각하고 일어섰다. 출구로 향하면서 그녀가 나직하게 말했다.

"잘 먹고 얼른 커라. 내게 도움이 될 수 있게 성장하면 나도 널 돌봐줄 테니."

개가 마치 알아들었다는 듯이 꼬리를 흔들며 연호제의 발목을 핥았다. 연호제는 흠칫 뒤로 물러나 개를 홀로 두고 마왕성을 나섰다. 귀찮기만 한 이 개가 전설 속의 강력한 몬스터 헬하운드라는 사실은 전혀 인지하지 못한 채로.

연호제는 여유롭게 동황루로 돌아왔다. 오늘은 휴일이기 때문에 조장 허환의 군소리를 들을 일도 없었다.

거처인 도박장의 관리소로 들어서니 동료 곽동이 보이지 않았다. 연호제는 곽동의 허름한 탁자를 쳐다보았다. 아패를 다듬고 난 부스럼과 조각칼들이 어지러이 흩어져 있었다. 곽동은 보기완 달리 정리 정돈이 몸에 밴 사내였다. 어지간히 급한 일로 나간 모양이라고 연호제는 생각했다.

"어, 언제 와, 왔어?"

잠시 쉬려 침상에 몸을 눕히자마자 곽동이 허둥지둥 돌아왔다. 연호제는 눕혔던 몸을 도로 일으켜 앉으며 웃었다.

"방금."

"에헤헤."

좀처럼 보기 힘든 그녀의 귀한 미소 앞에서 곽동도 히죽히죽 바보 같은 웃음을 흘렸다. 그런데 바로 다음 순간, 곽동은 웃음을 지우고 심각한 표정을 하더니 문을 잠그는 것이었다.

"왜 그래?"

"그, 그게 있잖아. 나, 나 아패 납품하러 2층에 가, 갔었어."

"그래서 청소도 안 하고 급하게 나갔구나."

"어? 어, 맞아. 그, 급했어. 혼날까봐 뛰, 뛰어갔어."

"……"

"……."

"그래서?"

"어?"

"아까 납품하러 2층에 갔었다며? 그 얘길 왜 한 거야. 무슨 일 있었어?"

"어, 어! 맞아, 지, 지금 그 이, 이야기를 하려고 해, 했어. 아, 그, 근데……."

난데없이 곽동이 이번엔 얼굴을 찌푸리며 울상을 지었다.

"이 얘, 얘기를 너한테 해, 해도 될까? 잘 모, 모르겠는데 되게 나쁜 짓인 거 가, 같아."

연호제가 한쪽 눈을 찡그리며 한 걸음 다가섰다.

"뭐가 나쁜 짓이야? 지금부터 나한테 하려는 네 얘기가?"

"어, 어."

"궁금해. 어서 말해봐."

연호제가 곽동의 팔을 잡고 앞뒤로 흔들며 재촉했다. 곽동은 생각하듯이 제 머리를 이리저리 긁어댄 끝에 두 눈을 큼지막하게 뜨고 대답했다.

"바, 방두준이라는 사, 사람이 온대."

곽동의 입에서 나온 이름을 듣는 순간 연호제는 그대로 얼어붙었다.

"네, 네가 꿈에서 며, 몇 번 욕한 적이 있는 사람이지? 그 방두준이라는 사, 사람이 내일 오, 온대."

 연호제가 고개를 떨어뜨렸다. 한껏 확장된 동공 위로 작은언니 령의 씩씩한 얼굴이 새겨지듯 떠올랐다. 어린 두 동생을 말에 태워 탈출시키고 홀로 남았던 작은언니. 죽기 직전까지 웃음을 잃지 않고 복수를 하라며 소리치던 작은언니. 이제 두 번 다시는 만날 수 없다.

 모든 것이 파괴되었던 그 악몽의 밤.

 작은언니는 방두준이라는 자의 손에 목을 졸리던 끝에 스스로 혀를 깨물었다고 했다. '내 목숨은 나의 것, 너 따위 벌레에게 줄 수 없다' 는 말과 함께. 조무상과 함께 작당했던 잡배들 중 한 녀석이 연호제에게 목숨을 구걸하며 그렇게 실토했었다. 그리고 이야기를 끝낸 잡배를 죽이면서 연호제는 웃었었다. 과연 작은언니다운 최후였다고 생각하면서.

 "괘, 괜찮아?"

 곽동의 어눌한 목소리가 연호제를 깨웠다.

 과거의 기억에서 헤어 나온 그녀는 얼굴을 똑바로 들고 물었다.

 "누구한테 들은 얘기야?"

 "어?"

 "방두준이 온다는 거."

 "채병 혀, 형님이 얘기하는 거 지, 지나가다 들었어."

"기루 책임자 말이지……. 근데, 네가 있는 장소에서 그 이야기를 했어?"

"나, 나는 바, 바보라서 걱정 어, 없대."

곽동이 쑥스럽게 웃으며 푸짐하게 나온 제 배를 북북 긁었다. 곽동의 손을 살포시 잡으며 연호제가 말했다.

"부탁이 있어."

"뭐, 뭔데?"

"나에게 이 이야기를 했다는 거 아무에게도 말하지 마."

"알았어."

"내일 방두준이 온다는 사실 자체를 아무에게도 말하지 마."

"그, 그것도 알았어. 나 입 무, 무거워."

연호제가 씁쓸히 웃었다.

이제 떠나야 할 시간이 되었다.

방두준과 조현이 함께 있을 때 모조리 해치우고 동황루에서 흔적조차 없이 사라질 생각이었다. 충분히 계획한 일이었고 걸릴 것은 없었다, 오직 딱 한 사람을 제외하면.

"줄 게 있어."

연호제가 자기 침상 밑으로 손을 넣어 두루마리 한 축을 끄집어냈다. 멍하니 선 곽동의 우직한 손에 두루마리를 쥐어주며 연호제가 확인하듯 물었다.

"고향이 선하촌 부근이랬지?"

"어, 어. 어떻게 아, 알았어?"

곽동이 얼빠진 얼굴로 고개를 끄덕였다. 언젠가 술에 취했을 때 자기 입으로 연호제에게 말했던 것을 본인이 까마득히 잊어버리고 있었던 것이다.

연호제가 말했다.

"선하촌은 좋은 마을이야. 나도 어릴 때 몇 번 가본 적이 있어. 이거 갖고 고향으로 돌아가."

"이, 이게 뭔데?"

"네가 살 집과 땅이야. 돈으로 주면 속아서 다 잃어 버릴까 봐 아예 내가 매입했어. 잘 챙겨서 돌아가."

"왜, 왜? 이렇게 비싼 걸 사줘? 이런 도, 돈이 어디서 나서?"

연호제는 대답을 회피하며 싱긋 웃었다. 마왕성을 드나들면서 벌어들인 재물로 샀다고 어떻게 설명할 수 있을까.

"말해봐, 이, 이런 돈이 어디서 나, 났어?"

"그건 몰라도 돼. 중요한 게 아니잖아. 너 여기서 일하고 싶지 않잖아. 급료도 제대로 못 받고."

"아냐, 좋아!"

"정말이야?"

"정말이야!"

"내가 없어도?"

"으, 으……."

곽동이 말을 잇지 못하고 훌쩍였다.

연호제는 돌아서서 침상 위에 어지러이 흩어진 옷가지들을 챙기기 시작했다. 옷가지들 틈에서 섭표에게 보내려던 편지도 나왔다.

편지를 잡아 품속에 갈무리하며 연호제가 말했다.

"그동안 정말 고마웠어. 나한테 이렇게 잘해준 사람 가족 말고는 너밖에 없어."

"그런 말하지 마. 나, 나랑 같이 가."

"난 해야 할 일이 있어."

"같이 가!"

곽동이 연호제의 어깨를 붙잡고 소리치듯 말했다. 연호제는 돌아보지 않았다. 곽동의 두 눈에는 굵직한 눈물이 그렁그렁 맺혀 있을 것이다.

"하지 마! 그, 그거 위험한 일이지? 내, 내가 바보 천치인 줄 아, 알아! 나도 아, 알아! 너는 위험한 일을 하, 하려고 하잖아! 하지 마! 하지 말라니까!"

푹 젖은 바보의 두 눈을 보고 싶지 않았다. 마음이 무너지는 건 괴로운 일이다. 곽동이 바보가 아니었다면 이렇게 작별을 고하지도 않고 몰래 떠났을 것이다.

"내가 나중에 선하촌으로 찾아갈게."

한참만에야 연호제는 겨우 그 한마디를 내뱉을 수 있었다.

등 뒤에서 그녀의 어깨를 잡은 채로 곽동은 커다란 몸을 무너뜨렸다. 연호제는 찡해져 오는 코끝을 붙잡고 비틀었다.

마음을 다스려야 한다.

이제 곧 방두준이 동황루로 찾아온다.

덜컹!

"나왔어요, 주인님."

배출구 밑을 들여다보며 운디네가 말했다. 채빈은 거대 알 자판기 앞에 몸을 굽히고 앉아 배출구로 손을 넣었다. 달걀만 한 크기의 알이 끌려나왔다.

"크리쳐 뽑기는 완전히 무작위인가요?"

채빈이 깨질까봐 조심스레 두 손에 알을 쥐고서 물었다.

드미트리가 대답했다.

"그렇습니다. 마음에 안 드시면 폐기처분하셔도 됩니다."

"살아 있는 걸 폐기처분하라니 어째 표현이 좀 으스스하네요. 아무튼 이제 마나를 불어넣으면 되는 거죠?"

"네, 주인님의 기운을 느낄 정도의 마나면 충분하니 조금만 주입시키시면 될 것입니다."

채빈은 드미트리가 시키는 대로 손에 쥔 알에 마나를 불어넣었다. 생긴 건 아무래도 괜찮으니 감당할 수 있는 녀석이 나오기를 기대하면서.

빠지직!

껍질에 균열이 일었다. 균열은 빠르게 퍼져 나가 알 전체를 뒤덮었다. 곧이어 새하얀 털로 뒤덮인 자그마한 팔이 껍질을 뚫고 솟아나왔다.

"아니, 이게 뭐지?"

채빈이 지켜보는 가운데 또 하나의 팔이 껍질을 깨고 나왔다. 뒤이어 이번엔 넓적한 발바닥이 달린 두 다리가 튀어나왔는데 팔보다도 짧았다.

"이힉?"

무엇인가 의문을 품은 듯 기묘하게 올라간 음성이 껍질 안에서 울렸다. 어느덧 껍질도 거의 다 깨져 있었기에 채빈은 조심스럽게 부서진 껍질들을 옆으로 밀어냈다. 그러자 잔해 속에 숨겨져 있던 머리가 모습을 드러냈다.

"이힉?"

흰털로 뒤덮인 탁구공만 한 털북숭이 얼굴이 채빈을 보며 웃고 있었다. 백설기의 깨처럼 콕콕 박힌 새까만 두 눈, 그 밑으로 길게 가로놓인 두꺼비 같은 입이 보였다.

참으로 우스꽝스럽기도 하고 한편으로는 귀엽기도 한 생김새였다.

"예티군요."

"예티요?"

채빈이 고개를 들고 돌아보았다.

드미트리가 예티를 가리키며 설명을 이었다.

"순한 녀석입니다. 성장하면 어마어마한 체력과 근력을 갖게 되지요. 마법 능력은 거의 없다고 봐도 무방하지만 물리적인 능력이 그 공백을 충분히 상쇄합니다. 게다가 빙결마법에는 내성이 있어서 아무리 맞아도 끄떡없지요."

"오호……. 그럼 잘 뽑은 건가요?"

"제 기준으로는 그렇습니다. 최상급의 크리쳐는 아니지만 그래도 4등급이면 충분히 행운이지요. 그리핀이나 북웜이 나왔어도 좋았겠지만 예티는 일단 다루기가 편하니까요. 일단 정확한 능력치를 감정해 드리겠습니다."

드미트리가 예티를 넘겨받았다. 손아귀에 빛이 솟구치면서 예티의 감정 결과가 말풍선이 되어 떠올랐다.

⟨예티(Lv.1)⟩

종류:크리쳐 　　　　　　　　등급:4등급

공격력:B   방어력:A

기동력:C-   순종도:5

특화능력:(기본)

"크리처는 능력치가 이렇게 나오네. 저기요, 드미트리 씨."

"말씀하십시오."

"능력치를 봐도 한눈에 머리에 안 들어와서 여쭤보는데요. 그러니까 던전마다 난이도가 전부 다르잖아요? 예를 들어 칸체레 수도원에 있는 나선정원 던전을 공략한다고 쳐요. 거기 난이도는 별 다섯 개짜린데 예티가 혼자 가서 공략하려면 레벨이 얼마나 되어야 하죠?"

드미트리가 턱을 괸 채 살며시 고개를 갸웃거렸다.

"크리처마다 능력이 달라서 쉽게 말씀드릴 수가 없습니다. 평균적으로는 이렇습니다. 던전의 난이도보다 크리처의 레벨이 높으면 95퍼센트 이상 공략 성공입니다. 만약 같다면 확률은 반반이지요. 크리처 레벨이 던전 난이도보다 낮은 경우에는 크리처가 사망할 확률이 큽니다."

"으음……."

"그러니까 던전보다 2단계쯤은 높은 크리처를 보내시는 것이 안전합니다. 그리고… 조만간 크리처 관리실의 레벨을 올리게 되면 추가로 한 마리의 크리처를 더 고용할 수 있게 됩니다. 두 마리를 함께 보내면 성공확률이 훨씬 높아지겠지요."

"그렇겠네요."

드미트리가 감정을 끝내고 예티를 건네주었다. 채빈은 예티를 잠시 쓰다듬어준 뒤 우리 너머의 볏짚더미에 내려놓았다. 예티는 짚더미를 샅샅이 파헤쳐 구멍을 만들더니 그 안에 들어가 버둥거리며 즐거워했다.

드미트리가 말했다.

"하루빨리 성장시키십시오. 크리쳐를 성장시키려면 사료를 먹이거나 전투를 시키면 됩니다. 사료만으로는 한계가 있으니, 적당히 키운 다음에는 쉬운 던전 위주로 동행시키시기를."

"알겠어요. 아, 먹이도 저기서 팔았지?"

채빈이 자판기로 가 5코인을 넣고 먹이 레버를 당겼다. 배출구를 통해 먹이가 와르르 쏟아져 나왔다. 프라이어가 재빨리 그릇을 들고 날아와 배출구 밑을 받쳤다.

"이힉?! 이힉!"

볏짚더미에서 놀고 있던 예티가 짧은 다리로 뒤뚱거리며 뛰어왔다. 그러더니 아직도 폭포처럼 쏟아지고 있는 먹이 속으로 뛰어들어 우적우적 퍼먹기 시작했다.

"되게 배고팠나 본데……."

예티는 애처롭게 느껴질 정도로 진공청소기처럼 먹이를 흡입해 대고 있었다.

지켜보고 있노라니 불현듯 채빈의 배에서도 꼬르륵 소리가 울렸다. 운디네가 채빈의 어깨 위에 욕조째 내려앉으며 속삭였다.

"주인님도 식사하셔야죠. 이제 곧 던전 공략인데 속을 든든하게 채우셔야 해요."

"예티는 그냥 두고 가도 될까?"

"다녀오십시오. 마왕성은 이제 제가 있으니 걱정 마시고."

드미트리의 배려에 돌아선 채빈은 정령들과 함께 집으로 돌아왔다.

30분 정도 간단히 식사를 한 다음 마왕성으로 복귀한 채빈은 크리처 관리실에 있는 예티를 보고 점심으로 먹은 밥을 모조리 토해낼 뻔했다.

"아니, 이, 이게 어떻게 된 거야?!"

기껏해야 손바닥 정도 크기였던 예티가 채빈의 다리 한쪽만큼이나 커져 있었다.

예티는 두 팔을 허우적거리며 달려와 채빈의 허벅지를 끌어안고 콧김을 픽픽 뿜었다.

채빈은 학질 걸린 사람처럼 몸을 떨며 뒷걸음질쳤다. 이제는 차마 귀엽다는 말이 입 밖으로 나오질 않았다.

"어떻게 된 거예요, 드미트리?"

"사료 한 그릇을 다 먹고 나니 이렇게 자랐습니다."

"아니, 도대체 그 먹이 성분이 뭐예요? 나도 한 번 주워 먹어보고 싶네. 무슨 성장이 이렇게 빨라……. 이거 그럼 지금 레벨이 오른 건가요?"

"아직은 그대로 Lv.1입니다. 두 그릇 정도 더 먹으면 오를 겁니다."

"그럼 빨리 마저 먹여야겠다."

채빈이 코인을 꺼내며 자판기로 달려드는 걸 드미트리가 막아섰다.

"그렇게 많이는 못 먹습니다. 이미 오늘 먹을 만큼의 사료를 먹었으니 내일 또 뽑아서 먹이는 게 좋습니다. 그리고 미리 사료를 뽑아두면 신선도가 떨어져서 안 먹을지도 모릅니다."

"아……. 그쵸, 예티도 생물이니까."

채빈이 한쪽 다리를 굽히고 앉아 예티와 눈높이를 맞췄다. 뒷머리를 살며시 쓰다듬어주자 강아지처럼 좋아하며 채빈의 가슴에 머리통을 비벼댔다.

채빈은 속으로 반성했다.

자의든 타의든 간에 잠깐이나마 예티를 도구처럼 대했던

자신의 잘못에 대해서. 어떻게 보면 마왕들의 유희에 사용된 말이라는 점에서 자신과 비슷한 운명 아닌가.

"이제부터 어떻게 하시럽니까?"

빈 먹이그릇을 옆으로 치우며 드미트리가 물었다.

"에티는 Lv.2가 될 때까지 사료를 먹이며 지켜보기로 하고, 주인님은 던전을 공략하러 가셔야지요."

"네, 그래야죠."

칸체레 수도원의 다섯 개 던전을 공략할 때가 드디어 코앞까지 다가왔다. 솔직히 어느 정도는 자신이 있었다. 시그너스 아머를 +7까지 강화한 데다 절대방어가 가능한 테스타가드도 손에 넣었으니까.

그리고 든든하게 성장한 두 정령 프라이어와 운디네도 함께하고 있다.

"순서를 정하자."

크리쳐 관리실을 나서며 채빈이 말을 꺼냈다.

"쉬운 난이도 순으로 나선정원, 과수원, 지하묘지, 도서관, 공방 이렇게 간다."

"네, 형님."

"좋아요, 주인님."

"기왕 들어가는 거 실패할 경우는 생각하지 말자. 가능하면 오늘 다섯 개 던전을 모두 공략하고 싶어. 칸체레 수도원은 재진입주기가 무척 기니까. 아니, 재진입 주기를 말할 필요는 없겠지. 탈출구 자체가 있는지 없는지 확인도 안 된 상황인데 뭔 김칫국을 마시고 있는 거지."

"그 아가씨는 만나보실 건가요?"

"아가씨? 아, 엘리아?"

던전 바로 앞의 오두막에 살고 있는 어처구니없는 여자의 얼굴이 오랜만에 떠올랐다.

자신을 용사로 여기며 감사해하는 풋풋한 미소의 그 모습이 갑자기 무척이나 그리워졌다. 하지만 채빈은 생각 끝에 웃으며 고개를 저었다.

"일단 던전부터 공략하고 나서. 만나는 건 그 다음으로 미뤄도 늦지 않아."

"그렇게 하시지요."

"좋아, 가자. 드미트리 씨, 다녀올게요."

"부디 무사하시기를."

드미트리는 던전관리소로 향하는 채빈 일행의 등 뒤로 길게 허리를 숙였다. 바닥을 향해 있는 그의 어두운 얼굴이 웃고 있었다.

'이제야 보게 되었군. 이채빈에게도 본인의 운명을 초월한 용기가 있을까. 무사히 돌아오면 재미있을 텐데.'

채빈 일행이 던전관리소의 워프 너머로 삼켜졌다.

드미트리는 예티가 볏짚더미에 드러누워 잠이 든 것을 확인한 뒤 홀가분하게 방을 나왔다.

채빈이 돌아올 때까지 밀린 독서나 할 생각이었다.

죽는 것까지는 아니더라도 좀 크게 다쳐서 한참 있다 돌아왔으면 좋겠는데, 하고 생각하면서.

제4장

나선정원

이계
마왕성

〈제1전 나선정원〉

―난이도:☆☆☆☆☆

―획득가능 보상:도른코인, 3서클 마법서적 전반, 장비 레시피, 흑요석 낫, 슬라빅의 마도서 무작위 7권

―몬스터 정보:광기의 디스파테르

쿠우웅!

채빈과 두 정령은 마법진을 통해 나선정원으로 들어섰다.

"조용하네……."

주위를 둘러보며 운디네가 중얼거렸다. 실내라고 여기기 힘든 넓은 공간이었다. 사방 천지에 보랏빛 꽃이 흐드러지게 피어 있었는데, 좁은 폭의 빈터가 꽃밭 한가운데를 시작으로 외곽까지 소용돌이 형태로 퍼져 있었다.

빈터 소용돌이가 시작되는 꽃밭 한가운데엔 나선계단이 있었다. 20단 정도의 짧은 계단 위에는 사람 하나가 겨우 들어갈 수 있을 만한 철장이 하나 있을 뿐이었다.

채빈이 바라보는 사이에 철장이 앞뒤로 소리를 내며 흔들리기 시작했다.

"나왔다!"

프라이어가 빛을 번쩍이며 소리쳤다. 꽃밭 한곳의 지면을 뚫고 거대한 형체의 그림자가 솟구치고 있었다. 채빈은 재빨리 시그너스 아머를 불러와 온몸에 장착시켰다.

"저게 광기의 디스파테르?"

채빈은 헬멧의 바이저를 올리며 뒤로 한걸음 물러섰다.

디스파테르는 3미터에 가까운 거대한 몸에 검은 철제 갑옷을 두르고 있었다. 양 갈래로 뿔이 돋아난 투구 속에서 새빨간 두 눈이 번득이고 있었다.

"우오오오오!"

"으악!"

디스파테르가 꽃밭을 헤치며 달려들었다. 체격이 육중해

서인지 위협적으로 빠른 편은 아니었다. 채빈은 몸을 날려 간단히 피해냈다.

"깜짝 놀랐네! 망할 자식이!"

프라이어와 운디네가 몸을 날려 채빈과 함께 삼각형을 이루어 디스파테르를 포위했다.

"속성감지가 불가능합니다, 주인님!"

"그래? 그럼 일단 되는대로 두들겨 봐야지!"

"마나를 너무 많이 소모하시면 안 됩니다!"

"알았어, 조절할게!"

퍼퍼퍼퍼퍼펑!

채빈이 양팔을 번갈아 내지르며 매직 애로우를 퍼부었다. 디스파테르는 소나기처럼 퍼붓는 매직 애로우에 온몸을 부딪치며 휘청거리고 있었다. 프라이어도 홀리 애로우를 발사하며 공격에 힘을 보탰다.

"쿠오오오오오!"

"어째 데미지가 제대로 안 들어가는 거 같은데!"

"물리적인 공격을 가해보시죠!"

"알았어!"

파바바바밧!

채빈이 매직 애로우를 거두고 뛰어들었다.

디스파테르가 채빈을 향해 굵직한 팔을 길게 휘둘렀다.

채빈은 몸을 숙이며 간단히 머리 위로 흘려보내고 내공 실린 정권을 디스파테르의 허리에 꽂아 넣었다.

빠캉!

"쿠오오오오!"

디스파테르가 고통스런 신음을 터뜨리며 맞은 허리를 감쌌다. 연이어 도망치려는 듯 뒤뚱거리며 돌아서는 걸 보고 채빈은 쾌재를 불렀다.

'이렇게 좆밥이었다니! 괜히 지레 겁먹었잖아!'

한층 자신감을 얻은 채빈은 디스파테르의 널찍한 등짝에 계속해서 정권을 꽂아 넣었다.

빠캉! 빠캉! 빠캉!

"쿠오오오오! 우, 우워어어어!"

디스파테르는 채빈에게 줄기차게 얻어맞으면서 물에 빠진 사람처럼 허우적거렸다.

채빈은 신이 나서 아파 보이는 부위를 골라 때리며 디스파테르를 몰아붙였다. 어느새 소용돌이 빈터를 지나 보랏빛 꽃밭 속으로 들어섰다는 사실을 채빈은 전혀 자각하지 못하고 있었다.

"혀, 형님! 나오세요!"

슈우우우우!

뒤늦은 프라이어의 외침과 함께 보랏빛 꽃들이 일제히 하얀 분말을 왈칵 토해냈다.

"이게 뭐야!"

먼지처럼 뿌옇게 떠오른 분말 속에서 채빈이 내지르던 주먹을 멈추고 섰다. 그런데 느닷없이 이변이 일어났다. 채빈의 온몸에서 힘이 쭉 빠지고 있었다. 급기야 양 눈꺼풀이 돌덩이라도 매달린 것처럼 무거워졌다.

"으으……. 왜 이렇게 졸리지……."

"주인님!"

털썩!

잠이 든 채빈이 그 자리에 고꾸라졌다. 지금까지 도망치기 바빴던 디스파테르가 그 틈을 타 채빈을 들어 올렸다. 솥뚜껑 같은 억센 두 손이 채빈의 목을 강하게 조어오기 시작했다.

빠지직……!

시그너스 아머가 찌그러지기 시작하는데 채빈은 아직도 정신을 못 차리고 있었다.

프라이어가 날아와 채빈과 디스파테르의 한가운데로 끼어들었다. 홀리 애로우가 디스파테르의 투구 속 붉은 두 눈에 정통으로 작렬했다.

퍼엉! 퍼펑!

"우위어어어어!"

"운디네, 형님을 뒤로 모셔!"

나선정원 119

"아, 알았어!"

슈우우욱!

홀리 이미지로 머릿수를 늘린 프라이어가 다연발로 홀리 애로우를 날리며 엄호했다. 그 사이에 운디네는 워터 스크린을 치고 채빈을 부축하며 꽃밭을 벗어났다.

"으으으……!"

"주인님, 정신이 드세요?!"

"어, 내가 뭐한 거지?"

채빈이 가물거리는 두 눈을 비비고는 비틀거린 끝에 몸을 가누고 섰다. 운디네가 꽃밭을 가리키며 설명했다.

"꽃들이 발산하는 수면 마법에 걸리신 거예요."

"수면 마법?"

어쩐지 난이도가 너무 낮다 했더니 그런 함정이 설치되어 있었단 말인가. 목 언저리에서 통증이 밀려왔다. 손을 대 본 채빈은 시그너스 아머가 찌그러져 있는 것을 확인하고 경악했다.

"맙소사!"

+7로 강화했는데도 이 정도로 훼손되다니. 만약 강화를 하지 않았다면 벌써 목숨을 잃었을지도 모른다. 채빈은 전신의 털이 곤두서는 것을 느꼈다.

"하마터면 큰일 날 뻔했어요. 수면 마법에 한 번 걸리면

15초는 정신을 잃게 되는 것 같으니 주의하세요. 꽃밭으로 들어가지 마시고 소용돌이 빈터만 따라 움직이면서 싸워야 해요."

"아, 알았어!"

채빈은 잠시나마 우쭐했던 일을 반성하고 긴장감을 갖고 자세를 잡았다. 너무 간단하게 상대를 얕잡아 보았다.

여기는 별 다섯 개의 난이도를 가진 던전이고 쉽게 공략할 여지는 애당초 없었는데.

퍼어엉! 펑! 펑!

"쿠오오오오오!"

"이 녀석 소리만 질러대지 쓰러질 생각을 안 하잖아!"

"프라이어, 그만하고 이리 와! 마나를 아껴!"

"치잇!"

프라이어가 홀리 이미지를 거두고 하나의 몸이 되어 채빈 곁으로 되돌아왔다. 몸을 웅크린 채 아파하는 디스파테르를 보며 채빈은 입술을 깨물었다.

"어디가 약점이지. 속성을 알아볼 수도 없고, 이렇게 막무가내로 공격하다가 기운이 빠지면 도리어 우리가 위험해져."

채빈과 두 정령이 해답을 찾아 머리를 굴리는 사이 디스파테르가 서서히 몸을 일으켰다. 바로 다음 순간 모두를 놀라게 하는 일이 벌어졌다.

디스파테르가 꽃밭 한가운데로 들어가 투구를 벗더니 지축을 뒤흔드는 커다란 목소리로 외치는 것이었다.

"흑요석 낫을 가져와라, 병사!"

고목처럼 메마른 피부의 시커먼 얼굴이었다.

보이는 건 빨간 두 눈과 벌어진 입뿐이었다.

그가 도로 투구를 머리에 쓰자마자 나선계단 위의 철장에서 진동이 일었다. 연이어 낫을 든 갑옷 차림의 작은 병사 하나가 철장 내부로 소환되었다.

"막아! 못 받게 해!"

이상한 낌새를 깨달은 프라이어가 소리쳤다.

"저놈에게 낫이 쥐어지면 안 돼! 막아!"

"알았어!"

프라이어는 디스파테르에게로, 운디네는 낫을 들고 나선계단을 내려오는 병사에게로 각각 몸을 날렸다. 채빈도 꽃밭의 수면 마법을 피하기 위해 소용돌이 빈터를 따라 몸을 움직였다. 행동에 제약이 생기자 한 걸음 한 걸음 옮기기가 쉽지 않았다. 압박감 때문에 등줄기로 식은땀이 흘렀다.

콰아아앙! 펑! 퍼펑! 쾅!

"크오오오오!"

"우어어어어!"

디스파테르와 병사가 합창하듯 비명을 뽑아냈다. 하지만

비명만 신랄할 뿐이지 움직임에는 거침이 없었다. 오히려 계속 밀려나는 건 운디네 쪽이었다.

병사는 끝끝내 수면 마법을 줄기차게 뿌려대고 있는 꽃밭 속으로 들어가 디스파테르에게 낫을 건네고 있었다.

철컹!

디스파테르가 낫을 건네받았다. 낫 운반의 소임을 다한 병사는 그 자리에서 산산이 부서져 잔해를 쏟아내고 사라졌다.

낫을 번쩍 들어 올리는 디스파테르 앞에서 운디네가 소리쳤다.

"주인님, 나선계단으로 올라가세요!"

부우우웅!

한 발 늦은 경고 속에서 디스파테르가 낫을 횡으로 길게 내질렀다. 강력한 충격파가 뿜어져 나왔다. 3서클의 실드 마법도 운디네의 워터 스크린으로도 막지 못할 거센 기운을 내포하고 있었다.

레비테이션 윙을 발동시켜 몸을 날리던 채빈은 허공에서 충격파를 그대로 받아들이고 말았다.

콰아아앙!

"커헉!"

"주인님!"

직격에 당한 채빈이 세차게 튕겨나갔다. 외벽에 부딪치기 직전, 채빈은 가까스로 레비테이션 윙으로 허공에서 몸을 거두고 안전히 착지했다. 벌어진 입에서 달뜬 숨이 새어나왔다.

"괜찮으십니까!"

"크으, 괜찮아. 생각보다 크게 아프지는 않았어."

대퇴부 부근의 시그너스 아머가 움푹 파여 있었다.

일단 한 방은 견뎠다지만 앞으로가 중요했다. 디스파테르가 사용한 검은 낫은 충격파를 한 번 내뿜고는 무너져 내리고 있었다.

'1회용이구나.'

다시 분위기가 시작할 때와 똑같은 원점이었다. 무기를 잃은 디스파테르가 대지를 박차고 채빈에게 달려들고 있었다. 채빈은 뒤로 몸을 피하며 입술을 깨물었다.

'제기랄, 뭘 쓰지? 여기서 테스타가드를 쓰면 막을 수는 있겠지만 방어만 해봤자 그게 무슨 소용이야?'

눈앞이 캄캄해져 왔다.

똑똑한 프라이어가 아무런 의견을 내지 못하고 엄호만 하는 것을 봐도 충분히 암담한 상황을 짐작할 수 있었다.

어떻게 해야 저 빌어먹을 괴물을 쓰러뜨릴 수 있을까.

약점은 어디에 있는 것일까.

"쿠오오!"

한동안 채빈을 바득바득 쫓던 디스파테르가 어느덧 몸을

뒤로 돌렸다. 그러고는 수면 마법을 흩뿌리는 꽃밭의 한복판으로 들어가 투구를 벗으며 소리쳤다.

"흑요석 낫을 가져와라, 병사!"

쿠우웅!

나선계단 위의 철장에서 낫을 든 병사가 소환되었다. 낫을 들고 계단을 내려오는 병사를 보고 있노라니 채빈은 기가 막혔다. 이걸 가만히 지켜보고만 있어야 한단 말인가?

퍼어어엉! 쾅! 콰콰쾅!

"안 부서지잖아, 제길!"

채빈과 두 정령은 철장과 나선계단을 향해 공격을 퍼부었으나 이것마저 허사였다. 재질이 무엇인지 궁금할 정도로 나선계단은 흠집 하나 나질 않았다.

바로 그 순간.

한 가지 실마리가 채빈의 뇌리를 관통했다.

굳이 낫을 가져오라고 소리를 칠 때마다 투구를 벗는 디스파테르의 모습이 그의 두 동공에 똑똑히 각인되고 있었다.

"대가리를 쳐! 프라이어, 운디네!"

채빈이 두 정령을 향해 목이 터져라 소리쳐 말했다.

"병사는 신경 쓰지 말고 본체의 머리를 쳐! 너희는 수면 마법에 안 걸리잖아!"

"네, 주인님!"

"알겠습니다, 형님!"

두 정령이 투구를 벗은 디스파테르의 머리를 향해 마법 공격을 퍼부었다.

그러나 채빈의 한 가닥 희망은 여지없이 뒤엎어지고 말았다. 디스파테르는 투구를 벗은 머리를 이리저리 까딱이며 신음할 뿐, 끝내 쓰러지질 않는 것이었다.

"어쩌라고, 씨바알!"

끝내 낫을 건네받은 디스파테르가 두 팔을 번쩍 치켜들었다. 저 낫이 발산하는 충격파를 또 한 방 맞게 되면 무슨 일이 벌어질지 모른다.

채빈은 팔목을 붙잡고 마나를 흘려 넣으며 소리쳤다.

"테스타가드!"

쿠우우웅!

가로 2미터, 세로 3미터에 달하는 붉은 빛의 대형 직사각형 방패가 채빈의 코앞으로 떨어졌다. 채빈의 마나 95퍼센트를 집어삼키고 나타난 절대방패 테스타가드였다. 방패 한가운데에 새겨진 악마의 얼굴이 언뜻 보였다.

어쨌거나 한가로이 방패 모양을 감상할 상황은 결코 아니었다. 채빈은 재빨리 방패 손잡이를 붙잡고 그 안으로 몸을 숨겼다. 바로 직후 디스파테르가 아까보다도 강력한 두 번째 충격파를 뿜어냈다.

콰아아앙!

고막을 찢는 폭음이 사위를 울렸다.

충격의 순간 눈을 감았던 채빈은 조금도 피해가 없었음을 깨닫고 두 눈을 치켜떴다.

과연, 절대방어를 자랑하는 테스타가드는 한 치의 흔들림조차 없이 굳건하게 충격파를 막아낸 것이었다.

'하지만 좋아할 상황은 절대 아니지……!'

채빈은 크기에 비해 턱없이 가벼운 테스타가드를 한 손에 들고 몸을 일으켰다. 고작 120초면 사라질 테스타가드에 계속 의지할 수는 없었다.

채빈은 머리가 돌아버릴 것만 같았다. 테스타가드를 불러내느라 마나 95퍼센트를 써버린 데다, 시시각각 끝이 다가오는 시그너스 아머의 사용시간에도 계속 신경이 쓰였다. 덤벼드는 디스파테르를 피해 이리저리 몸을 날리기에만 급급할 뿐, 채빈과 두 정령은 좀처럼 대안을 세우지 못하고 있었다.

"흑요석 낫을 가져와라, 병사!"

쿠우우웅!

채빈은 문득 디스파테르가 외친 저 한마디보다 무서운 말이 세상에 존재할까 생각했다. 보랏빛 꽃밭 한가운데에 서서 투구를 벗고 소리치는 디스파테르가 결코 넘을 수 없는 태산처럼 느껴졌다.

"에라이, 이판사판이다! 대가리에 물리공격을 먹여주마!"

채빈이 악에 받혀 소리치며 몸을 굽혔다. 그 자세를 보자마자 채빈의 생각을 알아차린 두 정령은 기겁했다.

"안돼요, 주인님! 황도백양각은 안돼요!"

직격을 날리려 꽃밭으로 들어갔다가 수면 마법에라도 걸리면 끝장이다.

그게 아니더라도 황도백양각을 시전하면 내공이 바닥나고 말 것이다. 마나와는 다르다.

내공은 그 정도가 바닥을 드러내면 채빈을 각혈하게 만들 것이고 끝내 채빈은 바닥에 거꾸러질 수밖에 없다.

"제대로 물리공격을 먹이려면 나밖에 없어! 다른 특별한 수가 없는데 어쩌라고!"

채빈은 기어이 운디네의 말을 듣지 않았다.

위기가 닥쳤을 때마다 자신을 구해준 오의를 시전하기 위해, 그는 두 다리 가득히 내공을 불어넣었다. 채빈의 두 눈이 광채로 번득였다.

―황도백양각!

콰콰콰콰콰콰콰쾅!

"우와아아아! 주인님 뭐하시는 거야!"

채빈이 테스타가드의 손잡이에 왼발을 끼운 채 오른발을 내지른 날아차기 자세로 돌진하고 있었다.

꽃이 뿜어내는 수면 마법의 분말이 테스타가드를 뚫지 못하고 무너졌다.

스노보드처럼 테스타가드를 타고 꽃밭 위를 무사히 가로지른 채빈은 디스파테르의 머리에 황도백양각을 꽂아 넣었다.

콰아아아아아아아아아앙!

"우어어어어어어어어어어어어!"

지금까지와는 격히 다른 처절한 비명!

디스파테르가 비명을 멈추지 못하고 제 머리를 감쌌다.

손에서 놓친 그의 투구가 쇳소리를 내며 바닥에 곤두박질 쳤다. 낫을 들고 내려오던 병사도 넘어지더니 계단에서 데굴데굴 굴러 떨어지고 있었다.

"크으으……!"

디스파테르의 너머로 떨어진 채빈은 통증이 휘몰아치는 복부를 감싼 채 겨우 고개를 들었다. 디스파테르의 머리가 유리처럼 조각이 나 잔해를 우수수 흩뿌리고 있었다.

쿠웅!

디스파테르가 양 무릎을 꿇었다. 연이어 허리를 앞으로 숙이며 상체를 무너뜨렸다.

지면과 부딪친 머리가 완전히 으깨지면서 사방에 흐드러지게 피어 있던 보랏빛 꽃들이 한꺼번에 생기를 잃고 시들어 갔다.

"끝났나……?"

"이, 이겼어! 이겼어요, 주인님!"

운디네가 환호를 하며 달려와 채빈을 부축했다. 부푼 가슴으로 채빈의 얼굴을 끌어안으며 그녀는 눈물까지 글썽였다.

"으으, 왜 울어."

"위험했잖아요! 운디네 엄청 놀랐잖아요!"

"헤헤, 잘된 거지?"

"잘되고말고요. 주인님 오늘이 최고로 멋져요!"

"고생하셨습니다, 형님."

"아니야, 프라이어. 너희들이 있어서 이만큼 한 거야. 아우, 배야……!"

슈우우웅!

나선계단 위의 철장에서 빛이 번쩍였다. 채빈은 보지 않아도 그게 무엇인지 알 수 있었다.

병사 대신 소환된 것은 언제 봐도 반갑기 짝이 없는 던전 공략후의 보상 상자였다. 그 곁으로는 마왕성으로 돌아가는 출구도 생겨나 있었다.

"일단 전리품을 챙겨 마왕성으로 돌아갈까요?"

"아니, 여기서 확인하자. 누가 좀 가져다줄래?"

"제가 가져오겠습니다."

채빈은 바닥에 누워 얼마 남지 않는 마나로나마 힐 마법을 사용했다. 효과가 있어 통증이 조금씩 멎어들기 시작했다. 잠시 후, 프라이어가 상자에 가득 들어차 있던 보상들을 가지고 돌아왔다.

"안내서를 먼저 보시지요, 형님."

"그래."

프라이어가 상자에서 꺼내온 물품들을 내려놓고는 채빈에게 양피지 설명서를 건넸다. 채빈은 부풀어 오른 기대감으로 통증마저 잊고 설명서를 눈앞에 펼쳤다.

〈상자 보상 안내〉

1. 슬립 마법서
—종류:3서클 마법서적
—산지:로쿨룸 대륙
—설명:시전자보다 서클이 낮은 대상을 잠들게 한다. 3서클의 마나를 갖춘 자라면 사용 가능하다. 책을 펼치면 습득할 수 있다.

—요구조건:3서클 이상의 마나

2. 율로우스 플레임 레시피
—종류:8등급 무기 레시피
—산지:로쿨룸 대륙
—설명:공작소에서 사용 가능
—요구조건:없음

3. 흑요석 낫
—종류:환전용 아이템
—산지:로쿨룸 대륙
—설명:광기의 디스파테르가 사용하는 무기. 나선정원 안에서만 강력한 효과를 발휘하며 디스파테르 이외에는 누구도 사용할 수 없다. 환전소를 통해 처분할 수 있다.
—요구조건:없음

4. 마도서첩(슬라빅의 마도서)
—종류:기타 마법병기
—산지:로쿨룸 대륙
—설명:전설의 대마법사이자 제국의 대공이었던 슬라빅이 만든 마법병기의 핵. 마도서첩은 기본 15장으로 되어 있고, 공

각소를 통해 강화하면 장수를 늘릴 수 있다. 총 59권으로 구성되어 있는 마도서(반사의 서 1~15권, 흡수의 서 16~30권, 설벽의 서 31~45권, 거울의 서 46~59권)를 이 서첩에 끼워서 사용한다. 사용자의 성향에 따라 다양한 조합이 가능하다. 59권을 모두 서첩에 모으면 궁극의 비전을 사용할 수 있게 된다.

――요구조건:3서클 이상의 마나

5. 흡수의 서 16~19권(슬라빅의 마도서)
―종류:기타 마법병기
―산지:로쿨룸 대륙
―설명:상대의 마법공격을 흡수해 마나로 환원시킨다. 권수가 많을수록 흡수량이 늘어나며 저장해 두는 일도 가능하다. 권별로 1회 사용 후 재사용까지 60초가 소요된다. 마도서첩에 끼워서 사용한다.

―요구조건:마도서첩 소유

6. 거울의 서 46~48권(슬라빅의 마도서)
―종류:마법병기
―산지:로쿨룸 대륙
―설명:시전자가 사용하는 마법을 복사해 똑같은 효과를 발휘한다. 흡수의 서를 통해 획득한 마나를 사용한다. 권별

로 1회 사용 후 재사용까지 30초가 소요된다. 마도서첩에 끼워서 사용한다.

"이번엔 새로운 게 많은데."

채빈은 우선 고민할 게 없는 3서클 슬립 마법서를 먼저 집어 들었다.

상대를 수면 상태로 만드는 마법이라니. 강도를 비롯한 범죄자들에게 이보다 요긴한 마법이 또 있을까. 또 어디다 사용하면 재미있을까.

책을 펼치고 슬립 마법의 비전을 받아들이는 내내 채빈은 이런저런 생각으로 히죽거렸다.

두 번째 보상은 율로우스 플레임 레시피였다.

문득 엘리아가 언급했던 '율론'이라는 이름이 떠올랐지만 그것만으로는 어떤 무기인지 짐작할 수가 없었다.

채빈은 나중에 공작소에 가져가 확인하기로 생각하고 프라이어에게 레시피를 넘겼다.

세 번째 보상은 보기만 해도 저절로 얼굴이 찌푸려지는 흑요석 낫이었다. 이 낫 때문에 얼마나 위험했는지. 흑요석 낫의 날 끝을 매만지며 채빈이 중얼거렸다.

"환전용 아이템이라니. 이런 것도 나오네. 환전소는 뭐지?"

"마왕성 시설이겠죠, 뭐. 계속 개발하다 보면 조만간 나올 듯해요."

"그렇군, 그럼 이것도 일단 넘어가고."

채빈이 흑요석 낫을 프라이어에게 남기고 남은 보상들을 주섬주섬 주워들었다.

"이게 엘리아 씨가 그토록 찾았던 슬라빅의 마도서로군."

"설명만 봐도 엄청난 마법병기입니다, 형님."

"그래? 지금 당장 시험해 볼까."

채빈이 우선 마도서첩을 집어 들었다. 겉면이 갈색 가죽으로 뒤덮인 손바닥 크기의 작은 책자로 딱히 특이한 점이 없는 평범한 생김새였다. 펼쳐 보니 설명에 나온 대로 총 열다섯 장이었다.

장마다 구조가 두 겹으로 되어 있어 그 속에 종이를 끼울 수 있게 되어 있었다.

"근데, 이거 종이가 되게 신기하네. 재질이 뭐 이래?"

채빈이 종이 끝을 만지작거리며 말했다. 종이에 전혀 주름이 없었다. 힘을 주어 비틀어도 결코 찢어질 것 같지 않았다. 굳이 시험해 볼 마음은 물론 들지 않았지만.

"이 마도서첩에다가 끼우면 되는 거지?"

채빈이 흡수의 서 16~19권과 거울의 서 46~48권을 양손에 들었다.

 명칭만 권일 뿐, 실제로는 얇디얇은 종잇장이었다.

 채빈은 마도서첩의 앞장부터 차례대로 총 일곱 장을 모두 끼워 넣었다.

 "됐다, 이제 해보자."

 채빈이 마도서첩을 손에 들고 일어섰다.

 사용법은 궁금해 할 틈도 없이 이미 깨달은 참이었다. 마나를 살짝 불어넣자마자 손안의 마도서첩이 빛을 흩뿌리며 발동을 개시한 것이다.

 쿠우우우웅!

 "우와앗!"

 마도서첩이 발동된 순간 채빈은 자기도 모르게 비명을 지르고 말았다.

 자신의 등 뒤에 일곱 권의 책이 종잇장을 나풀거리며 둥둥 떠 있었다. 흡수의 서 네 권과 거울의 서 세 권이었다.

 이윽고 일곱 권의 책은 채빈의 등을 중심으로 원형을 이루어 자리를 잡고는 시계방향으로 느릿느릿 돌기 시작했다.

 "엇!"

 채빈이 제 머리를 붙잡은 채 우뚝 섰다.

 마도서첩의 비전이 엄청난 속도로 그의 머리에 주입되고 있었다. 잠깐 사이에 채빈은 마도서첩의 기본 사용법을 완벽하게 숙지했다.

"와아……. 이런 거구나."

"혀, 형님? 표정이 이상하십니다."

"프라이어, 쏴봐."

"네에?"

"홀리 애로우를 나한테 쏴봐."

시험하려는 의도라는 것은 충분히 알았지만 그럼에도 불구하고 프라이어는 망설일 수밖에 없었다. 어떻게 주인을 향해 홀리 애로우를 퍼붓는단 말인가.

"운디네, 네가 가서 주인님께 워터 스크린을 쳐 드려."

프라이어가 곁의 운디네에게 말했다. 그렇게라도 하지 않으면 안심이 되지 않으니까. 하지만 이번에도 채빈이 손을 내저으며 거절했다.

"안 돼. 운디네의 워터 스크린이 개입하면 제대로 시험할 수가 없잖아. 내가 실드를 칠 테니까 그냥 쏴 봐."

슈우우욱!

채빈이 2서클 마법 실드를 온몸에 발동시켰다.

등 뒤로 일곱 권의 마도서를 띄운 채 팔짱을 꿰고 선 채빈은 자신만만하게 웃으며 프라이어를 재촉했다.

"이제 됐잖아. 빨리 쏴 보라고."

"알겠습니다."

프라이어가 홀리 이미지로 머릿수를 늘렸다. 그리고 채빈의 실드가 버틸 정도의 홀리 애로우를 발동시켰다.

퍼퍼퍼펑!

빛이 번쩍이면서 열 발에 가까운 홀리 애로우가 채빈에게 날아들었다. 채빈은 눈 한 번 깜박이지 않고 날아드는 홀리 애로우에 맞서 비전을 되뇌었다.

등 뒤에 있던 흡수의 서 네 권이 채빈의 앞으로 넘어왔다.

콰아앙!

"으윽!"

채빈과 홀리 애로우가 직격으로 부딪쳤다.

채빈이 비틀거리며 뒤로 물러섰다. 실드는 깨졌고, 흡수의 서 네 권은 눈부신 빛으로 번쩍이고 있었다.

"괜찮으십니까?!"

"어, 괜찮아. 아씨, 깜짝 놀랐네. 이건 마나를 흡수만 할 수 있는 거구나. 방어도 할 수 있을 줄 알았는데, 실드 안 쳤으면 크게 다칠 뻔했어."

채빈이 혀를 내두르며 흡수의 서들을 확인했다. 홀리 애로우로부터 흡수한 마나가 고스란히 담겨져 있음을 느낄 수 있었다.

채빈은 정령을 등지고 돌아서서 빈터 쪽으로 시선을 향했다. 채빈이 머리에 그리는 비전을 따라 이번엔 거울의 서 세

권이 앞으로 나오고 있었다.

―매직 애로우!

채빈이 빈터를 향해 매직 애로우를 발사했다. 그와 동시에 거울의 서 세 권도 새파란 불꽃을 왈칵 뿜어냈다.

퍼퍼퍼퍼퍼퍼펑!

"우와아!"

채빈이 탄성을 내질렀다.

거울의 서들이 채빈을 따라 똑같이 매직 애로우를 발포한 참이었다.

프라이어의 홀리 애로우로부터 흡수한 마나를 소모했기 때문에 채빈 본인의 마나는 손해도 없었다.

"대충 전법을 알겠다. 흡수의 서로 적의 마나를 흡수하고, 그렇게 흡수한 마나를 거울의 서로 재활용하고."

"재사용시간에도 신경을 쓰셔야겠어요, 주인님."

"그래, 흡수의 서는 60초고 거울의 서는 30초지. 권수가 늘어나면 돌려가면서 쓸 수 있을 테고……. 와, 이렇게 좋은 건 줄은 몰랐네. 엘리아 씨가 이 마도서 때문에 그토록 노심초사했던 이유를 알 것 같아."

채빈은 불현듯 궁금해졌다. 엘리아가 말했던 '절대로 이 마도서를 손에 넣어선 안 될 사람'은 과연 누구일까. 오늘 던전 공략이 끝나는 대로 엘리아를 만나러 가봐야지.

"빨리 59권을 다 모으시면 좋겠군요, 형님."

"그래, 마도서를 다 모으면 쓸 수 있다는 궁극의 비전도 궁금하고……. 아니, 근데 마도서첩 이거, 지금은 열다섯 장밖에 안되잖아?"

"네, 페이지 수를 늘리려면 강화를 하셔야죠."

"그건 그런데 부서질까봐 겁나서 +7 이상으로 강화는 못할 것 같은데. 이런 엄청난 무기를 까딱했다가 날려먹어 봐. 피눈물 나지."

채빈이 손 안의 마도서첩과 마나의 연동을 해제시켰다. 채빈의 등 뒤로 떠올라 있던 일곱 권의 책이 홀연히 자취를 감췄다.

"에휴, 됐다. 이제 겨우 일곱 권 모았을 뿐이고 59권을 어느 세월에 다 모을지도 까마득한데 미리 걱정할 게 뭐 있냐. 좀 쉬었다가 다음 던전이나 가자."

"바로 가시려고요?"

"가야지. 바로는 아니고 여기서 좀 쉬었다가."

"마왕성으로 돌아가셔서 쉬시지요. 어차피 개별 던전이니 재진입주기를 걱정하실 필요가 없습니다. 엘리아 님을 만나러 오실 때엔 칸체레 수도원 모체 던전을 통하시면 될 테고요."

"맞다, 왜 그 생각을 못했지? 그럼 마왕성에 가서 치료도

할 겸 한 시간만 자야겠다."

 채빈과 두 정령이 마왕성으로 이어지는 마법진에 발을 들이밀었다. 을씨년스럽게 꽃이 모두 시든 나선정원 한가운데로 힘없는 바람이 한 줄기 지나가고 있었다.

제5장

과수원

이계
마왕성

〈제2전 과수원〉

―난이도:☆☆☆☆☆

―획득가능 보상:도른코인, 3서클 마법서적 전반, 장비 레시피, 황금 삼각목마, 슬라빅의 마도서 무작위 7권.

―몬스터 정보:삼각목마의 그란델.

"주인님, 괜찮으시겠어요?"

"푹 쉬었고 말짱해."

쿠우웅!

마법진이 채빈과 두 정령을 과수원으로 데려다놓았다.

 과수원은 온통 포도밭이었다. 사방 천지가 우거진 포도나무로 휩싸여 있었다.

 "무슨 포도가 이렇게 커……!"

 채빈은 어이가 없어 입을 딱 벌린 채로 사방을 둘러보았다. 포도 알 하나하나가 야구공 크기였다. 포도 한 송이에 사람 열 명이 들러붙어서 먹어도 남을 것 같았다.

 "상당히 규칙적인데요?"

 운디네의 말대로 포도나무들은 바둑판의 눈금처럼 일정한 간격을 두고 심어져 있었다.

 채빈은 지척의 포도나무가 만든 그늘에 들어가 숨을 죽였다. 마도서첩을 얻은 덕분에 처음보다는 든든했지만 그렇다고 방심해서는 안 되었다.

 채빈은 적당한 긴장감을 유지한 채로 이 과수원 던전의 보스 몬스터인 삼각목마의 그란델이 나오기를 가만히 기다렸다.

 정적의 시간이 흘렀다.

 '왜 안 나오지?'

 5분을 넘게 기다렸는데 삼각목마의 그란델은 나타날 기미가 없었다. 어떻게 해야 하나 고민하는 채빈에게 프라이어가 말했다.

"포도를 하나 따 먹어봐야 하는 거 아닐까요?"

"그런가?"

듣고 보니 그럴싸한 의견이었다. 포도를 건드렸다고 당장 무슨 사고가 일어나지는 않을 터. 채빈은 까치발로 서서 머리 위에 대롱대롱 매달려 있는 포도송이에 손을 뻗었다.

툭!

포도 한 알을 따자 달콤한 냄새가 풍겼다.

채빈은 손아귀 가득 잡힌 포도 알을 내려다보면서 입맛을 다셨다. 거부할 수 없는 유혹이었다. 채빈의 손이 서서히 입가로 향하고 있었다.

"드시면 안 됩니다!"

퍽!

프라이어가 채빈의 손을 다급히 때렸다. 손에서 놓친 포도 알이 바닥에 떨어져 산산이 으깨졌다. 격렬한 향취가 퍼져 올라와 순식간에 사방에 진동했다.

"이, 이건······!"

"강력한 슬립 마법이 걸려 있습니다. 드시면 일시적으로 잠이 들게 되니 주의하세요. 죄송합니다. 제가 괜한 의견을 내서 이렇게······!"

두려움으로 등골이 서늘해지면서도 채빈의 두 눈은 바닥에 흩뿌려진 과즙을 훑고 있었다. 당장 바닥에 엎드려 개처럼 핥아 먹고 싶은 충동이 물밀듯이 밀려오고 있었다.

채빈은 유혹을 떨치기 위해 주먹으로 제 얼굴을 거칠게 때렸다.

퍼억!

"주인님!"

"아우, 이래도 먹고 싶어! 아, 먹고 싶다! 나 좀 어떻게 해 봐! 돌아버리겠네!"

쿠우우웅!

바로 그 순간.

과수원 저 멀리에서부터 땅이 크게 울렸다. 기어코 광기의 디스파테르는 명함도 못 내밀 거대한 그림자가 과수원 전역을 뒤덮을 기세로 스멀스멀 피어올랐다.

"저, 저게 뭐야?!"

채빈이 기겁을 하고 뒤로 물러났다.

삼각기둥을 옆으로 눕혀 놓은 형태의 거대한 목마였다.

그 크기는 실로 엄청나서 어림잡아도 폭이 30미터, 길이는 50미터에 달하는 듯했다. 목마의 전면에는 말머리 조각상이 붙어 있고, 아래에는 여섯 개의 바퀴가 줄지어 달려 있었다.

목마 위의 모서리에는 목마의 크기에 걸맞은 거인이 앉아 있었다. 지저분하게 흘러내린 검은 머리칼과 새파란 피부, 흉하게 빼문 앞니…….

이 과수원 던전의 보스 몬스터인 그란델이 분명했다.

"저렇게 큰 놈을 어떻게 이겨……! 근데, 저거 가랑이 안 아픈가? 왜 스스로를 고문하지? 저거 원래 고문기구 아니야?"

"안장이 있잖아요, 주인님."

"아니, 아무리 그래도……. 우악!"

그란델이 거대한 얼굴을 과수원 위로 들이밀고 코를 벌름거렸다. 가늘게 뜬 두 눈을 찡그리는 걸 보니 시력이 좋지 않은 듯했다.

이윽고 그란델은 채빈 일행이 몸을 숨긴 포도나무 밑으로 거대한 손을 뻗어왔다.

"우와악!"

손아귀에 붙잡히기 직전 채빈 일행은 나무와 나무 사이의 빈티로 몸을 내던졌다.

그러자 이번에는 그란델이 오른손에 쥐고 있던 창끝을 내리찍었다. 시슬 시퍼린 삼지창 끝이 채빈의 정수리 위로 치달아왔다.

"시그너스 아머!"

채빈은 새파랗게 질려 몸을 날리는 동시에 시그너스 아머를 몸에 장착시켰다. 착지하지마자 다시 몸을 날리며 채빈은 두 정령에게 소리쳤다.

"다시 들어가! 나무 밖으로 나오면 창을 찍어대니까!"

채빈 일행이 허겁지겁 포도나무 밑으로 들어섰다. 그러나 여기도 안전하지만은 않았다. 그란델은 시력이 나쁜 대신 거대한 코로 냄새를 맡고 채빈의 위치를 알아내는 것이었다. 달처럼 거대한 그란델의 얼굴이 채빈 일행의 머리 위로 드리워지고 있었다.

"속성감지 안 되지?"

"네, 주인님."

"뭐라도 해보자. 일단 가진 공격 다 퍼부어 봐!"

채빈이 마나를 끌어올렸다. 택한 마법은 매직 애로우보다 강력한 파이어 애로우였다. 그의 뒤를 따라 프라이어와 운디네도 함께 마법공격을 가했다.

퍼퍼퍼퍼퍼퍼펑!

그란델의 낯 위에서 마나의 기운이 거칠게 폭발했다. 그러나 그 뒤에 남은 것은 폭음과 먼지뿐이었다. 그란델은 아프기는커녕 간지럽지도 않은 듯했다. 얼굴을 만지지도 않고 그대로 채빈 일행에게 큼지막한 손을 뻗어오는 것이었다.

부우웅!

"우아, 어쩌라고!"

"목마를 공격해볼게요, 주인님!"

"같이 가자, 운디네!"

두 정령이 삼각목마로 날아가 마법공격을 직접 가했다.

퍼어어엉! 펑펑!

한데 어우러진 하얀빛과 푸른빛의 마나가 삼각목마의 곳곳에서 폭죽처럼 연거푸 폭발했다.

하지만 이번에도 허사였다. 두 정령이 한껏 공격을 가해도 삼각목마에는 흠집조차 나지 않았다.

"미치겠네! 직접공격도 안 먹히는데!"

목마의 측면으로 힘들게 뛰어가 겨우 정권을 날린 채빈은 허사임을 깨닫고 온 길을 되밟아 도망쳤다. 그런 와중에도 머리는 부지런히 굴리고 있었다.

'생각하자, 생각해. 같은 칸체레 수도원에서 파생된 던전이다. 이놈에게도 디스파테르처럼 분명히 약점이 있을 거야. 생각하자, 이채빈. 머리를 굴려 봐!'

채빈은 초조하게 입술을 깨물고 생각을 거듭했다. 그때 불현듯, 기이한 풍경이 그의 시야 가득 파고들었다.

'뭘 하고 있는 거지?'

그란델이 채빈 일행을 외면하고 있었던 것이다. 삼각목마의 안장에서 엉덩이까지 떼고 몸을 숙인 상태였다.

"그란델이 뭘 하고 있는 거야, 프라이어?"

채빈의 물음에 프라이어가 그리로 몸을 날렸다. 잠시 후 돌아온 프라이어가 번쩍이는 몸을 빙그르르 돌리면서 보고했다.

"이상합니다, 형님. 뽑힌 포도나무를 고쳐 심고 있는데요?"

"뭐? 나무를 고쳐 심어?"

해결의 실마리가 어렴풋이 똬리를 트는 듯했다.

아직은 정확하게 짚어낼 수 없었지만 채빈은 확신했다, 이 희미한 실마리가 해답을 품고 있다는 것을.

채빈은 손수 나무를 고쳐 심는 그란델을 한동안 바라보다가 손가락을 튕기며 몸을 폈다.

'좋아!'

기어코 마음의 결정을 내린 채빈이 두 정령에게 명령했다.

"다 뽑아!"

"네?"

"포도나무를 모조리 뽑아! 저놈은 됐고 일단 과수원을 다 짓밟으라고! 엉망진창으로 으깨버려!"

"하지만 슬립 마법이 걸려 있어서 주인님이 위험해요."

"그건 됐으니까 일단 해봐."

그렇게 말하는 동시에 채빈은 나무와 나무 사이의 빈터로 몸을 날렸다. 두 정령은 별수 없이 채빈의 명령에 따라 사방에 우거져 있는 멀쩡한 포도나무들을 부수기 시작했다.

콰아아앙! 펑! 퍼퍼펑!

"우오오오오오!"

이변이 일어났다.

지금까지 아무리 때려도 입 한 번 벙긋하지 않던 그란델이 고개를 뒤로 젖히며 울부짖는 것이 아닌가!

언뜻 비춰진 그의 커다란 두 눈에는 눈물까지 어려 있었다.

이제 채빈 일행은 그란델의 관심을 완전히 벗어났다. 엉망진창으로 나뒹구는 포도나무들을 고쳐 심기에 여념이 없어진 그란델의 시야를 피해 채빈과 두 정령이 한자리에 모였다.

"으으, 졸려……!"

"주인님, 그것 보세요!"

빈터로 몸을 피했어도 슬립 마법의 영향을 완전히 벗어날 수는 없었던 것이다. 운디네가 연신 팔다리를 주물러주고 있었지만 소용이 없었다.

"괜찮아, 저놈이 나무를 모조리 고쳐 심기 전에 슬립 마법이 해제될 테니까……. 그러니까 일단 시간이라도 벌어서……."

채빈은 가물거리는 두 눈을 한사코 치켜뜬 채 삼각목마의 그란델을 주시하고 있었다. 어지러운 시야 속에서 그란델의 커다란 엉덩이가 위아래로 실룩였다.

바로 그 순간.

'으응?'

엉덩이 밑으로 그란델이 앉아 있던 안장이 보였다.

과수원 153

앉아 있을 땐 가려져서 보이지 않았던 한가운데의 보석이 또렷하게 드러나 있었다. 영롱하게 빛나는 둥그스름한 보석을 향해 채빈이 힘겹게 손가락을 내밀었다.

"저, 저거……."

"네? 주인님, 뭐라고요?"

채빈이 졸음을 이겨내려 목울대를 힘껏 울리고 말을 이었다.

"안장 가운데… 보석……."

툭!

"주인님!"

채빈이 말을 끝맺지 못하고 그 자리에서 잠들었다. 두 정령은 서로의 얼굴을 바라보다가 종래엔 함께 그란델의 안장으로 시선을 모았다.

"가자!"

부우우웅!

두 정령이 그란델 등 뒤의 허공으로 몸을 높이 날렸다.

그란델은 이제 포도나무를 거의 다 고쳐 심고 두어 그루만을 남겨두고 있었다.

두 정령은 다급히 날아가 안장 한가운데의 보석을 향해 마법공격을 가했다.

빠지직!

"됐다!"

보석이 으깨지면서 두 동강이 난 안장이 바닥으로 곤두박질쳤다. 그와 동시에 포도나무를 전부 고쳐 심은 그란델이 허리를 펴고 삼각목마에 도로 앉았다.

안장이 없어진 삼각목마의 날카로운 모서리 위에 그란델의 사타구니가 직격으로 닿았다.

"갸아아아아아악!"

지금까지의 던전 중 이토록 구슬픈 비명을 지른 몬스터는 없었다.

그란델은 삼각목마 위에서 두 팔과 두 다리를 좌우로 한껏 벌린 채 학질 걸린 사람처럼 벌벌 떨어대고 있었다.

한참을 괴로움으로 버둥거린 끝에, 기어이 그란델은 고개를 떨어뜨리고 움직임을 완전히 멈췄다.

쿠우우웅!

"이겼다! 이겼어!"

프라이어와 운디네가 서로를 향해 환호했다. 최초로 보여준 두 정령의 완벽한 협력이었다. 웅성임 속에서 어느덧 슬립마법이 풀린 채빈이 서서히 눈을 뜨고 있었다.

"으으, 어떻게 됐어?"

"일어나셨어요? 이겼어요, 주인님!"

"어떻게? 안장이 약점이었어?"

과수원 155

"그게……."

운디네가 살짝 얼굴을 붉히며 물러섰다.

프라이어가 대신 설명했다.

"정확히 말씀드리자면 다리 사이였습니다, 형님. 안장이 없어지자 그란델은 삼각목마의 모서리에 그대로 앉았죠. 그러더니 비명을 지르면서 죽었습니다."

"하하하……. 아니, 무슨 이런 몬스터가 있지."

채빈이 민망스럽게 웃으며 코끝을 긁었다.

안장 가운데 박힌 보석이 약점인 줄 알고 공격하라고 했을 뿐인데, 그런 과정이 추가로 있었다니. 정녕 고간이 약점이었단 말인가.

"뭐, 좀 어처구니가 없긴 하지만 어쨌든 승리한 거네?"

"네, 형님. 전부 형님의 지략 덕분입니다."

"민망하니까 그렇게 말하지는 말고. 그냥 수가 없어서 되는대로 질러본 거지 지략은 무슨 개뿔……."

채빈과 두 정령은 과수원 한가운데 생겨난 보상 상자로 향했다. 상자를 열자 가지런히 들어차 있는 물품들이 보였다. 채빈은 한껏 기대감을 머금고 양피지 설명서를 펼쳤다.

〈상자 보상 안내〉

1. 컨 디텍트 마법서
—종류:3서클 마법서적
—산지:로쿨룸 대륙
—설명:상대방이 시전한 추적 관련 마법의 효과를 저하시킨다. 매직 다깃과 병행하면 효과적으로 사용할 수 있다. 3서클의 마나를 갖춘 자라면 사용 가능하다. 책을 펼치면 습득할 수 있다.

2. 발켄 코우 레시피
—종류:8등급 무기 레시피
—산지:로쿨룸 대륙
—설명:공작소에서 사용 가능
—요구조건:없음

3. 황금 삼각목마
—종류:환전용 아이템
—산지:로쿨룸 대륙
—설명:과수원의 그란델이 탑승하는 삼각목마의 축소판. 환전소를 통해 처분할 수 있다.
—요구조건:없음

4. 흡수의 서 20~22권(슬라빅의 마도서)

―종류:기타 마법병기

―산지:로쿨룸 대륙

―설명:상대의 마법공격을 흡수해 마나로 환원시킨다. 권수가 많을수록 흡수량이 늘어나며 저장해두는 일도 가능하다. 권별로 1회 사용 후 재사용까지 60초가 소요된다. 마도서첩에 끼워서 사용한다.

―요구조건:마도서첩 소유

5. 거울의 서 49~52권(슬라빅의 마도서)

―종류:마법병기

―산지:로쿨룸 대륙

―설명:시전자가 사용하는 마법을 복사해 똑같은 효과를 발휘한다. 흡수의 서를 통해 획득한 마나를 사용한다. 권별로 1회 사용 후 재사용까지 30초가 소요된다. 마도서첩에 끼워서 사용한다.

비슷한 패턴의 두 번째 보상이어서 처리하기에 시간이 걸리지 않았다. 채빈은 언 디텍트 마법서를 펼쳐 비전을 익힌 다음, 새로 얻은 일곱 권의 마도서를 마도서첩에 끼워 넣었다.

"이걸로 흡수의 서가 일곱 권, 거울의 서도 일곱 권으로 총

합 열네 권이 됐습니다, 형님. 금방 모으실 수 있겠는데요."

"그러게. 이거 모으는 재미가 만만찮은데? 빨리 한 시간만 쉬고 다음 던전 가자."

"주인님, 안 힘드세요? 오늘 무리하시는 것 같은데."

"마왕성에서 쉬면 다 회복되는데 무리는 무슨 무리야. 쇠뿔도 단김에 빼랬다고 기왕 시작한 거 할 수 있는 데까진 해서 끝을 봐야지."

채빈은 한껏 들떠 의기양양하게 마법진으로 걸음을 내딛었다. 텅 빈 과수원에는 주인을 잃은 거대한 삼각목마가 쓸쓸한 모습으로 덩그러니 남았다.

제6장

지하묘지

이계
마왕성

〈제3전 지하묘지〉

―난이도:☆☆☆☆☆

―획득가능 보상:도른코인, 3서클 마법서적 전반, 장비 레시피, 슬라빅의 마도서 무작위 10권

―몬스터 정보:절규하는 코론존

한 시간의 충분한 휴식을 취한 채빈은 두 정령을 대동하고 지하묘지 던전으로 들어섰다.

"엄청 어둡네."

던전의 첫인상은 그저 암흑이었다. 기분 나쁜 습기가 피부 위로 쩍쩍 엉겨 붙는 가운데 퀴퀴한 냄새가 코를 찌르고 있었다.

프라이어가 몸을 밝혀 랜턴의 역할을 해주었다. 비로소 사방을 볼 수 있게 된 채빈은 차분하게 주위의 지형을 살폈다.

무너진 토사들이 뒤엉켜 있는 지하 동굴의 한곳이었다. 폭발의 흔적으로 보이는 크고 작은 구덩이가 여기저기 흩어져 있었다.

"광산 같은데요. 독트로스 광산 던전이랑 풍경이 비슷해요."

"거기보다 훨씬 기분 나쁘다."

채빈의 시선이 바닥으로 내리깔렸다. 폭발의 흔적을 따라 눈을 돌리자 폭이 좁은 암로가 보였다.

"가 보자, 길이 있으니."

채빈은 조심스레 암로를 향해 발걸음을 내딛었다.

암로를 따라 백여 걸음을 걷다 보니 철문이 나타나 눈앞을 가로막았다. 녹이 잔뜩 슨 잿빛 철문의 표면에는 로쿨룸 대륙 언어로 한 줄의 글귀가 적혀 있었다.

살아 있는 자는 들어오지 말 것.

고작 한 줄의 경고문이 채빈의 몸에 오한을 일으켰다.

"주인님, 괜찮으시겠어요? 안색이 나빠 보여요."

"곰팡이 냄새 때문에 구역질이 나서 그래. 드, 들어가자."

채빈이 애써 떨림을 감추고 손을 뻗어 철문을 밀었다. 철문이 열리면서 손톱으로 칠판을 긁는 것처럼 신랄한 소음이 일었다.

채빈은 고막을 후비는 소음에 얼굴을 몸을 한껏 움츠리고 안으로 들어섰다. 단숨에 느껴질 정도로 온도가 확 내려갔다. 위아래 이가 딱딱 맞부딪쳐질 만큼 낮은 기온이었다.

"여기가 묘지구나."

채빈의 중얼거림 속으로 하얀 입김이 섞여 나왔다.

난장판 같은 지하묘지의 전경이 눈앞에 펼쳐져 있었다.

제각각 다른 모양과 크기를 가진 수백 개의 비석이 제멋대로 나뒹굴고 있었다. 제대로 자리에 꽂혀 있는 비석은 단 하나도 없는 듯했다.

나뒹구는 비석들의 무덤 너머로 시선이 갔다. 드높은 석조 제단이 보였다. 불이 꺼진 수십 개의 은촛대가 제단의 외곽을 따라 늘어서 있었고 그 한가운데에는 직사각형의 큼지막한 관이 하나 놓여 있었다.

"이긴 어떻게 공략해야 하는 걸까요?"

"글쎄, 일단 들어가 봐야지."

채빈은 내키지 않는 걸음을 옮겨 묘지 깊숙이 들어섰다.

가능하면 비석들을 밟지 않으려 조심했지만 쉽지 않았다.

한바탕 비라도 내렸었던 듯 한껏 젖은 맨땅은 진흙탕이어서 발이 푹푹 빠졌다.

"아예 신발을 벗어버리는 게 낫겠네."

채빈이 더러워진 신발을 내려다보며 툴툴거렸다.

바로 그때였다. 발 옆의 지면이 실룩이는가 싶더니 무엇인가가 땅을 뚫고 솟구쳐 올랐다.

"우아아악!"

솟아나온 것은 팔이었다.

다 썩어 힘줄이 드러난 것이 어딘지 익숙한 생김새였다. 어찌됐건 채빈은 전투가 시작되었음을 깨닫고 시그누스 아머를 장착하는 한편 솟구친 팔을 향해 힘껏 발을 내질렀다.

빠직!

썩은 팔이 팔꿈치부터 떨어져 나갔다.

그러나 움직임은 멈추지 않았다. 뒤따라 솟구쳐 오른 또 다른 팔이 바닥을 짚고 있었다. 기어코 큼지막한 구멍이 생겨나더니 한가운데에서 구울이 머리를 쏙 내밀었다.

"여기도 구울이네! 뭐 이래?"

"어려울 거 없잖아요, 주인님. 다 날려버려요!"

운디네의 말마따나 딱히 상대하기 버거운 몬스터는 아니

었다. 채빈은 더러운 침을 질질 흘려대는 구울의 정수리를 향해 매직 애로우를 날렸다.

퍼어엉!

구울의 머리가 수박처럼 으깨지며 뇌수를 터뜨렸다.

머리를 잃은 구울은 허우적거리다 그 자리에 고꾸라졌다.

옷에 튀긴 뇌수를 문질러 닦으며 돌아서는 채빈에게 프라이어가 소리쳐 경고했다.

"안 끝났습니다, 형님!"

"뭐?!"

구울의 시체에서 흘러나오는 것이 있었다.

한껏 낡은 넝마처럼 흐느적거리며 흘러나오는 반투명한 존재. 채빈은 아직 잊지 않고 있었다. 칸체레 수도원의 예배당에서 싸웠던 몬스터들을.

'레이스!'

실체가 없는 몬스터 레이스였다.

갑작스런 출현에 당황스럽긴 했지만 두려움은 없었다. 속성이 어둠이고 반사 능력도 없는 몬스터임을 경험을 통해 알고 있었으니까.

채빈은 재빨리 레이스를 공격하려고 마나를 끌어냈다.

"어?"

레이스가 싸울 생각이 없는지 허공 저편으로 날아가고 있었다. 잡기도 어려울 정도로 빠른 속도였다.

한껏 날아간 레이스는 제단 위에 놓인 수십 개의 은촛대 중 하나로 제 몸을 들이댔다. 곧이어 레이스는 사라지고 그 대신 은촛대가 환하게 불을 밝혔다.

"이게 뭐가 어떻게 되어가는 거지?"

"주인님, 옆으로 또!"

"우왓!"

등 뒤에서도 구울이 덤벼들고 있었다. 채빈은 재빨리 허리를 비틀며 이단옆차기를 날렸다.

퍼억!

"꾸에에엑!"

채빈의 발끝이 구울의 배를 관통하고 등 뒤로 머리를 내밀었다. 배가 뚫린 구울이 복수를 콸콸 쏟아내고는 그 자리에 쓰러져 죽었다.

그런데 이번에도 같은 현상이 일어났다.

구울의 시체에서 레이스가 솟아올라 잡을 새도 없이 제단으로 날아가 두 개째의 은촛대에 불을 밝히는 것이었다.

"뭐야, 도대체……!"

불길하게 이글거리는 촛불을 보면서 채빈은 모골이 송연해졌다. 일이 제대로 풀려가고 있는 건 확실히 아닌 듯했다.

레이스가 날아가서 은촛대에 불을 밝힌 저의가 뭘까. 은촛대에 전부 불이 켜지면 무슨 일이 벌어지게 되는 걸까?

"형님, 또 나옵니다!"

"여기도 나와요, 주인님!"

운디네가 비명처럼 외쳤다.

여기저기서 구울들이 지면을 뚫으며 올라오고 있었다.

숫자는 순식간에 불어나 열 마리를 넘어섰다.

사방에서 구울들이 악취와 진흙을 뚝뚝 흘리며 허우적거리고 있었다.

"아, 이거 뭔가 아닌 거 같은데."

채빈은 느릿느릿 다가드는 구울들을 선뜻 공격하지 못하고 머뭇거렸다. 앞서 공략한 두 던전에 대한 경험이 채빈을 주저하게 만들고 있었다.

온건히 힘으로만 공략한 던전은 하나도 없었다.

이 던전도 분명히 같을 거라는 확신이 강하게 들었다.

이 지하묘지라는 던전의 근간을 이루고 있는 고유한 설정이 어딘가에 분명히 숨겨져 있을 것 같았다.

"주인님, 어떡해요? 계속 숫자가 불어나잖아요."

"생각하고 있어!"

대답은 그렇게 했지만 떠오르는 해결책은 아직 없었다. 어느덧 구울들의 숫자는 20마리를 넘어섰다. 채빈과 두 정령은 들어왔던 철문 쪽으로 슬금슬금 물러서고만 있었다.

'무식하게 닥치는 대로 해치울 순 없어. 또 레이스가 튀어나올 테고 저 정체를 알 수 없는 빌어먹을 은촛대에 불을 밝힐 테고, 씨발……. 뭘 어쩌라고?'

고민 속에서 구울들은 우후죽순으로 생겨나길 멈추지 않았다. 바퀴벌레처럼 불어난 구울의 수는 이제 50마리를 넘어선 듯했다.

채빈은 조바심으로 속이 까맣게 타들어갔다. 이대로는 몸을 피할 공간조차 남아나지 않게 되고 만다.

"젠장, 죽여!"

채빈이 주먹을 불끈 쥐고 고래고래 악을 썼다.

"죽여! 죽이자마자 나오는 레이스를 재빨리 죽여! 은촛대에 들러붙기 전에 매직 타깃을 걸고 다 죽여!"

궁지에 몰린 채빈과 두 정령이 공격을 재개했다. 그러나 이 방법 역시 일시적인 대책으로 그쳤을 뿐 해결책은 되어주지 못했다. 구울의 시체에서 튀어나오는 레이스의 속도가 터무니없이 빨라서였다.

"서라, 새끼야!"

매직 타깃을 걸기도 전에 날아가 은촛대에 불을 밝히는 경우가 부지기수였다. 세 마리에 한 번은 놓치기가 일쑤여서 잠깐 사이에 은촛대의 거의 전부에 불이 붙고 말았다.

쿠우웅!

어느 순간 제단 위에서 진동이 일어났다.

쾅, 소리와 함께 관 뚜껑이 저만치로 날아갔다.

"어어? 저건 또 뭐야?"

열린 관 속에서 잠들어 있던 존재가 깨어나고 있었다.

그것은 지름 5미터가량의 구체였다. 보랏빛의 구체 표면 전체가 살아 있는 생물처럼 꿈틀거리고 있었다. 기어코 구체의 표면 곳곳에서 사람의 얼굴 형상이 기포 끓듯 불쑥불쑥 머리를 내밀기 시작했다.

"돌아버리겠네!"

얼굴 형상은 구체의 전역을 뒤덮을 기세로 빠르게 불어났다. 잠깐 사이에 구체는 수십 명의 얼굴이 벌집처럼 우글우글 달라붙어 있는 끔찍한 모습으로 변했다. 그런 상태로 풍선처럼 몸을 점점 부풀리는 것이었다.

채빈은 알지 못하는 심연의 악한 존재.

자신에게는 없는 육체를 갈구하는 헛된 의식의 집합체.

이 던전의 보스 몬스터인 코론존이었다.

"우웩!"

채빈은 넌더리와 구역질이 한꺼번에 치밀었다.

불이 켜지지 않은 은촛대는 이제 두 개뿐이었다.

불길한 예감이 스멀스멀 피부를 타고 엄습해왔다. 저 두 개의 은촛대마저 불을 밝히게 되면 완전히 깨어나 공격을 가해

올 코론존의 광기가 또렷한 미래로서 눈앞을 아른거리는 것이었다. 채빈은 고개를 설레설레 저으며 뒤로 한발 물러섰다가 미처 보지 못한 비석에 등허리를 부딪치고 말았다.

"이런 건 또 왜 여기에 있어!"

콰앙!

채빈이 홧김에 비석을 걷어찼다.

비석이 오뚝이처럼 좌우로 뒤뚱거리더니 지척에 움푹 파여 있던 구멍 속으로 쏙 빠져들었다. 마치 자신의 본래 자리였던 듯이 꼭 맞았다.

바로 그 순간.

"주인님, 저것 좀 보세요!"

"어?"

채빈이 운디네의 손가락을 따라 시선을 옮겼다. 거기에서는 지금까지의 흐름으로 볼 때 설명이 불가능한 기상천외한 일이 벌어지고 있었다. 무리에 섞여 있던 구울들 중 한 마리가 채빈 일행이 아닌 자신의 아군을 공격하기 시작한 것이다.

"우어어어어어!"

두 구울이 서로 멱살을 잡으며 바닥을 구르고 있었다.

이 황당하기 짝이 없는 이변을 가만히 바라보던 채빈의 뇌리에 한 가닥의 해결책이 구원처럼 번득였다.

채빈이 고개를 쳐들고 소리쳤다.

"프라이어! 운디네! 정리해! 비석을 다 정리해! 쓰러진 비석은 세우고 뽑힌 비석은 본래 자리에 가져다 꽂고 하여간 다 정리해!"

"네, 주인님!"

"알겠습니다, 형님!"

두 정령은 바보가 아니었다. 채빈 말하기 이전에 구울이 보여준 변화로 사태를 파악한 참이었다. 두 정령은 각자 다른 방향으로 몸을 날려 비석을 정리하기 시작했다.

"우어어어어어!"

"됐다, 이게 올바른 방법이었어! 여긴 싸우는 게 아니라 청소해야 깰 수 있는 던전이었어!"

해답을 얻은 쾌감으로 환호성이 터져 나왔다.

무덤의 비석을 하나 정리할 때마다 해당되는 구울이 아군을 배신하고 채빈 일행의 편에 섰다. 자신의 거처에 안식을 찾아줘서 감사하다는 듯이.

채빈과 두 정령은 신이 나서 비석 정리에 박차를 가했다.

"조심해! 들러붙어도 죽이면 안 돼! 어차피 크게 위협적인 놈들은 아니니까 적당히 피해가면서 정리해!"

채빈과 두 정령은 구울들의 부리 틈바구니를 헤집으며 정리 또 정리를 반복했다. 공격을 하지 않고 피해가면서 정리하다 보니 온몸이 구울들의 체액과 오물로 범벅이 되어버렸지만 그런 데에 신경 쓸 겨를은 없었다.

 채빈의 편에 선 구울들의 숫자가 점차 늘어나면서 지하묘지 전역은 구울들끼리의 싸움으로 점점 더 아수라장이 되어가고 있었다.

 "헉! 헉! 아, 죽겠네!"

 전투가 없는 이 던전이 체력적으로는 가장 힘들다는 게 아이러니했다. 채빈은 땀으로 목욕을 하면서도 몸을 멈추지 않았다. 시그너스 아머의 해제시간도 시시각각 다가오고 있었기에 쉴 틈이 없었다.

 "후우, 이제 몇 개 안 남았다!"

 채빈은 스스로 기운을 북돋으며 눈앞에 쓰러져 있던 비석을 바로 세웠다. 세운 비석을 본래 자리의 구멍에 꽂으려는 찰나, 등 뒤로 한 구울이 다가왔다.

 "우으으으……!"

 구울은 등 뒤에서 채빈의 목덜미를 끌어안고는 귓가에 대고 입김을 뿜었다. 100년은 양치질을 안 한 것 같은 구취가 귓가를 간질이자 채빈은 두 눈이 까뒤집혔다.

 "씨발, 저리 꺼져!"

 쾅!

 채빈이 반사적으로 팔꿈치를 날려 구울의 안면을 강타했다. 목이 꺾인 구울은 비명 한 번 못 지르고 그 자리에 쓰러져 죽어버렸다.

"아뿔사!"

시체에서 튀어나오는 레이스를 보고 채빈은 사색이 되었다.

깜짝 놀라는 바람에 한 대 쳤을 뿐인데 죽어버릴 줄이야. 빛과 같은 속도로 날아간 레이스는 두 개 남은 은촛대 중 하나에 여지없이 불을 붙였다.

"주인님, 조심하셔야죠!"

"미안! 이제 주의할게."

몸에서 저절로 힘이 빠졌다. 채빈은 스타가 자신에게 몰려오는 팬들을 밀어내듯 부드럽고 조심스런 손길로 구울들을 밀어내야 했다. 채빈이 오물을 뒤집어쓰며 전전긍긍하는 사이에 두 정령이 뒷마무리를 끝내주었다.

"끝났어요!"

운디네가 마지막 하나의 비석을 제자리에 꽂고 일어섰다. 난장판이었던 지하묘지는 한눈에 보기에도 질서정연하게 정돈되어 있었다. 사방을 헤매고 다니던 구울들이 저마다 자신의 비석 앞으로 가서는 몸을 웅크렸다. 그리고 하나둘씩 모래처럼 무너지면서 자취를 감추었다.

"엇!"

시그너스 아머가 시간이 다 되어 해제되었다.

채빈은 아직 코론존이 남아 있다는 사실을 자각하고 기겁하여 제단을 돌아보았다. 다행스럽게도 코론존 역시 부풀어오르기를 멈추고 서서히 희미해지고 있었다.

모든 비석이 정리되고 영혼들이 안식을 되찾자 코론존도 힘을 잃는 모양이었다. 얼마 못되어 코론존이 완전히 사라졌고, 그의 커다란 관 한가운데에 보상 상자가 생겨났다.

"정말 아슬아슬했어요. 은촛대가 달랑 한 개 남았으니."

"불이 다 붙었으면 무슨 일이 벌어졌을까?"

"이제 다 끝났는데 생각하실 게 뭐 있습니까?"

"그건 그래…… 이제 끝났지. 질렸다, 진짜."

긴장이 풀리면서 채빈은 완전히 지쳐버린 상태였다. 앞서 공략한 두 던전의 피로까지 한꺼번에 몰려와 양 어깨를 짓누르는 느낌이었다.

채빈은 빨리 확인하고 쉴 생각으로 보상 상자로 가 뚜껑을 열어젖혔다.

〈상자 보상 안내〉

1. 라이트닝 마법서
—종류: 3서클 마법서적
—산지: 로쿨룸 대륙

—설명:원하는 한 지점에 번개 공격을 가한다. 매직 타겟과 병행하지 않으면 정확도가 크게 저하된다. 3서클의 마나를 갖춘 자라면 사용 가능하다. 책을 펼치면 습득할 수 있다.

2. 파라마 헬름 레시피
—종류:8등급 방어구 레시피
—산지:로쿨룸 대륙
—설명:공작소에서 사용 가능
—요구조건:없음

3. 흡수의 서 23~30권(슬라빅의 마도서)
—종류:기타 마법병기
—산지:로쿨룸 대륙
—설명:상대의 마법공격을 흡수해 마나로 환원시킨다. 권수가 많을수록 흡수량이 늘어나며 저장해두는 일도 가능하다. 권별로 1회 사용 후 재사용까지 60초가 소요된다. 마도서첩에 끼워서 사용한다.
—요구조건:마도서첩 소유

4. 거울의 서 53~54권(슬라빅의 마도서)
—종류:마법병기

―산지 : 로쿨룸 대륙
―설명 : 시전자가 사용하는 마법을 복사해 똑같은 효과를 발휘한다. 흡수의 서를 통해 획득한 마나를 사용한다. 권별로 1회 사용 후 재사용까지 30초가 소요된다. 마도서첩에 끼워서 사용한다.

"이번에도 흡수랑 거울만 나왔네."

채빈은 아쉬운 마음이 들었다. 아직 없는 마도서인 철벽의 서나 반사의 서가 나오기를 내심 바라고 있었는데.

운디네가 말을 걸었다.

"마도서첩을 강화하셔야겠어요. 이걸로 총 24권이 모였는데 마도서첩의 페이지 수는 열다섯 장이니 못 끼우는 마도서가 아홉 권이나 되잖아요."

"그래야겠네. 7강까지는 파괴될 일이 없으니 강화해도 괜찮겠지. 그건 그렇고… 여기는 출구가 어디지?"

채빈이 두리번거리며 물었다.

프라이어가 제단 뒤로 들어가 보더니 머리를 쏙 내밀고 대답했다.

"이쪽입니다, 형님. 근데 여긴 바로 칸체레 수도원의 공방 쪽이랑 연결된 문도 있네요."

프라이어의 말대로 제단 뒤에는 출구가 두 군데 자리하고 있었다. 하나는 마왕성으로 돌아가는 마법진이었고, 또 하나는 칸체레 수도원의 공방을 옆에 낀 복도로 이어지는 문이었다.

채빈은 너무도 지쳐 쉬고 싶은 마음뿐이었기에 반쯤 열린 그 문을 별 생각 없이 지나쳤다.

"주인님, 그 아가씨가 있어요."

운디네의 말이 마법진에 발을 들이밀고 있던 채빈을 돌아보게 만들었다.

"뭐? 누구? 엘리아 씨 말하는 거야?"

"네, 고해실 근방을 기웃거리고 있는데요?"

"아니, 혼자서 뭘 하고 있대?"

놀란 마음에 피곤함마저 가셨다. 힘도 없는 연약한 몸으로 위험천만한 칸체레 수도원을 왜 또 혼자 돌아다니고 있는 것일까.

채빈은 잠시 던전 공략을 멈추고 엘리아부터 만나봐야겠다고 마음을 굳혔다.

"마왕성으로 돌아갔다가 칸체레 수도원 마법진을 통해서 다시 와야겠어. 이쪽 복도로 지나가면 또 가고일 같은 게 나타날지도 모르니까."

"옳은 말씀이에요."

"너희들은 마왕성에서 기다리고 있어. 이 마도서첩도 좀 대신 맡아주고."

 마왕성으로 일단 돌아온 채빈은 두 정령과 획득한 물품들을 두고 홀로 칸체레 수도원으로 들어섰다. 머릿속으로 수도원의 구조를 그려가며 안전한 노선을 따라간 끝에 그는 무사히 고해실에 다다랐다.

 엘리아가 채빈 쪽으로 등을 보인 채 한 구석에 서 있었다.

 "엘리아 씨… 아니, 엘리아 님!"

 엘리아가 작은 어깨를 흠칫 떨더니 돌아섰다. 놀라움이 언뜻 스쳐간 얼굴 위로 이내 미소가 왈칵 피어올랐다.

 "용사님!"

 엘리아가 헐레벌떡 뛰어왔다. 눈부시게 늘어뜨린 금발의 머리칼 틈에서 양 뺨을 발그레하게 물들인 채 웃고 있었다.

 "그때 헤어진 뒤로 더는 못 뵙는 줄 알았어요."

 엘리아의 들뜬 목소리가 채빈의 두 귀를 기분 좋게 간질였다. 채빈의 가슴이 터질 것처럼 방망이질을 쳤다. 몇 번을 다시 봐도 엘리아의 얼굴은 천사처럼 아름다웠다.

 "그 후로 줄곧 수도원을 조사하시고 계셨던 건가요?"

 "네? 아니요, 그런 건 아니고……."

 채빈은 말을 얼버무리며 고개를 딴 곳으로 돌렸다. 엘리아와 만나면 어쩔 수 없이 시작부터 대화가 꼬이곤 했다. 엘리아는 이해한다는 눈빛으로 살며시 고개를 끄덕이고 있었다.

"괜찮아요. 억지로 말씀하시지 않아도."

"그런 건 아니지만요. 네, 그건 그렇고 엘리아 님은 여기서 뭘 하시는 건가요? 여긴 위험한데."

채빈이 서둘러 화제를 바꿨다.

엘리아가 피식 웃으며 양 어깨를 으쓱해 보였다.

"위험하기는요. 고해실 근방은 괜찮잖아요."

"그건 그렇지만 그래도······."

"사실은 용사님을 뵙고 싶어서 와 있었던 거예요."

"네? 저를요?"

채빈이 토끼눈을 하고 자기 턱 끝을 가리켜 보였다. 엘리아는 조금 부끄러운 기색으로 고개를 숙인 채 손가락을 만지작거리며 말을 이었다.

"오두막에서는 아무리 기다려도 와주시질 않아서······. 이제 곧 떠날 생각을 하고 있었거든요. 죄송해요. 부담을 드리려는 건 아닌데."

"부담이라니요, 그런 걱정일랑 마세요. 전혀 아니니까."

채빈이 황망히 두 손을 내저었다. 한편으로는 당황스러워하는 스스로가 한심했다. 미인과 대화를 나누는 일은 채빈에게 여전히 어렵기 짝이 없었다.

"떠나신다고요?"

"네, 그렇게 됐어요. 칸체레 수도원에서 제가 더 할 수 있는 일도 없는 듯하고……. 고향에 조금 신경 쓰이는 일도 생겨서요."

"그렇군요."

예전에 엘리아가 했던 말들이 채빈의 뇌리를 스쳐가고 있었다. 3년을 하루같이 헤맸고, 모든 용병이 떠나간 뒤에도 홀로 죽음의 사막을 넘어 이곳에 당도했다는 이야기.

다시 생각해도 그녀의 행적은 엄청난 것이었다.

"실례가 안 된다면, 제 오두막에 잠깐 들르시겠어요?"

채빈이 생각을 거두고 엘리아와 시선을 맞췄다.

"오두막에요?"

"대화를 나누기에 여긴 조금 적막하니까요. 이렇게 뵈었으니 마지막으로 차라도 한 잔 나누고 싶어요."

"아아……. 네, 그렇게 하죠."

엘리아와 함께 출구로 나서면서 채빈은 대략적인 계획을 머리에 그리고 있었다.

'아무래도 좀 데려다줘야겠지.'

엘리아는 용병들도 꼬리를 내린다는 죽음의 사막을 되밟아 돌아가야 할 것이다. 채빈은 양심 때문에라도 도저히 엘리아를 혼자 보낼 수가 없었다.

이렇게 연약하고 고운 마음을 가진 데다 아름답기까지 한 여자를 어떻게, 무슨 수로 혼자 돌려보낸단 말인가. 더 일찍 찾아와볼 것을.

이제라도 만났으니 그저 한없이 다행스러울 뿐이었다.

"들어오세요."

엘리아의 말마따나 정말로 떠날 생각이었던 듯 오두막은 깨끗하게 정리되어 있었다. 채빈과 엘리아는 간소하게 싼 짐꾸러미가 놓여 있는 문간을 지나 오두막 안으로 들어갔다.

"앉으세요. 금방 차를 끓여올게요."

"네, 네."

채빈이 의자를 빼고 앉았다. 엘리아는 마법으로 모닥불을 붙인 뒤 물을 올리고는 찬장에서 찻잔과 쟁반을 꺼내들며 말했다.

"사실 이 찻잔만 짐에 넣지 않고 놔두고 있었습니다. 혹시라도 용사님이 찾아오실지 모른다는 생각으로요."

"아하하……. 네, 영광스러운데요."

"무슨 말씀이세요. 도리어 제가 영광이지요. 제 인생을 통틀어 최고의 은인인 용사님께 이렇게 차를 대접해드릴 수 있게 됐으니까요."

"아우, 진짜 그건 아니에요. 사람 민망하게……."

채빈은 더듬더듬 말을 잇지 못했다.

결과적으로는 그녀를 구해준 게 되긴 했지만 그건 결코 본인의 의도가 아니었다. 그저 마왕성의 안내에 따라 던전을 공략했고 때가 맞아 도움을 줄 수 있었던 것뿐인데 이토록 감사를 받으니 심히 민망스러웠다.

"저기, 엘리아 님."

"네, 말씀하세요."

"떠나신다고 하셨는데 제가 데려다 드릴까요?"

엘리아가 놀란 얼굴로 꼿꼿이 섰다. 이윽고 그녀는 난처한 기색이 잔뜩 어린 얼굴을 살며시 옆으로 돌린 채 말이 없다가, 아주 작은 목소리로 나직이 대답했다.

"무슨 말씀을……. 어찌 용사님께서 저에게 그런……."

"그 용사님이라는 호칭도 좀 하지 않으셨으면 좋겠고요. 아니, 아무튼 그건 지금 중요한 게 아니고 제가 댁까지 데려다드릴게요."

"……."

엘리아는 두 손을 맞잡은 채 돌아서더니 말이 없었다. 침묵 속에서 보글보글 물 끓는 소리만이 줄기차게 울리고 있었다. 그녀의 자그마한 등 뒤에 대고 채빈이 말을 보탰다.

"죽음의 사막이라는 곳이 많이 위험하다면서요. 혼자 가시는 걸 못 보겠어요. 제 마음이 불편해서 그런 거니까 부담은 갖지 마시고요."

엘리아의 양 어깨가 희미하게 떨려왔다. 채빈은 그 가녀린 어깨를 붙잡아주고 싶은 충동을 참으며 목소리에 힘을 주어 재차 말했다.

"제가 댁까지 데려다 드린다고요."

"…아주 위험한데도요?"

"문제없습니다."

"아주 멀기까지 한데도요?"

"문제없다니까요."

엘리아가 몸을 빙글 돌려 채빈을 바라보았다. 영롱한 두 눈망울에 반짝이는 물기를 머금고서 입가엔 감격스런 미소를 가득히 짓고 있었다.

"정말 용사님은 멋진 분이세요. 다망하신 와중에 인연도 없는 저를 구해주시고, 그것만으로도 모자라 이렇게 돌아가는 길까지 걱정해 주시다니요."

"그런 얘긴 이제 좀 하지 마시라니까요."

엘리아가 찻잔에 끓는 물을 부었다. 모락모락 김이 피어나면서 그윽한 차의 향기가 오두막 내를 휘감았다. 채빈의 가슴 앞 탁자에 찻잔을 내려놓으며 그녀는 말을 이었다.

"호의는 진심으로 감사히 받겠습니다. 하지만 돌아가는 길은 저 혼자서도 괜찮아요."

"그러지 마시고요. 제가……."

엘리아가 살며시 손을 내밀어 채빈의 말을 제지했다. 그러더니 채빈이 보는 앞에서 오두막 구석으로 가 허리를 굽혀 앉왔다. 그곳의 바닥은 여닫이문으로 되어 있었다.

"정말로 혼자서 돌아갈 수 있어요. 이 안에 텔레포트 마석이 박혀 있거든요."

"텔레포트… 마석이요?"

"한 쌍으로 되어 있는 마석이에요. 하나는 저의 집 지하실에 설치되어 있어요. 고가이긴 하지만 돌아갈 경우를 대비해 구입해 두었죠. 한 번 사용하면 사라져 버리긴 해도 이걸 이용해 단숨에 돌아갈 수 있어요."

"그런 게 있었군요……. 하하, 그러면 뭐 걱정 없겠네요. 으이구, 내가 너무 오지랖을 떨었나. 그런 게 있는 줄도 모르고……. 하하하."

채빈은 머쓱해져 찻잔을 들었다. 그러고는 입으로 가져가기가 무섭게 찻물을 내뿜었다.

"아, 뜨거!"

"괜찮으세요? 여기 수건으로 닦으세요."

"크으으……. 죄송해요!"

똑같은 추태를 반복해서 저지르다니. 채빈은 수치스러워서 고개를 들지 못하고 허둥거렸다. 엘리아는 끝내 참지 못하고 까르르 웃음을 터뜨렸다.

"아, 죄송해요. 웃으면 안 되는데 지난번에도 이러셨던 일이 생각나는 바람에……."

"아니에요. 누가 봐도 웃었을 텐데요. 맘껏 웃으세요. 웃으셔야 합니다. 네, 웃으셔야죠."

채빈은 수건으로 제 얼굴을 가린 채 기진맥진한 말투로 대꾸하고 있었다. 잠시 후, 웃음을 거둔 엘리아는 자신의 목에 걸고 있던 목걸이를 풀었다.

"이걸 용사님께 드리고 싶어요."

"네?"

채빈이 수건을 치우고 고개를 들었다. 엘리아가 수줍게 두 손을 내밀고 있었다. 새하얀 손바닥 위에는 가느다란 은백색의 줄에 둥그스름한 펜던트가 달린 목걸이가 놓여 있었다.

"이건……?"

"값이 나가는 것은 아니지만 저에게는 소중한 물건이에요. 고난이 닥쳤을 때마다 이 목걸이를 만지면서 기도하면 힘이 됐거든요. 제 행운을 용사님께 드리고 싶습니다. 제가 지금 드릴 수 있는 건 이것뿐이에요."

"하지만 그렇게 소중한 걸……."

"더 말씀 마세요."

엘리아가 채빈의 손에 목걸이를 넘겨주었다. 채빈은 입을 다문 채 물끄러미 목걸이를 내려다보았다. 값어치를 떠나 이 목걸이를 받을 자격이 자신에게 있기나 한지 진지하게 고민하면서.

"받아주세요, 용사님."

채빈의 망설임을 눈치챈 엘리아가 거듭 말했다. 계속 사양하는 것도 모양새가 나지 않을 듯하여, 채빈은 결국 목걸이를 받기로 마음먹고 자리에서 일어섰다.

"그럼 감사히 잘 받겠습니다. 항상 차고 다닐게요."

채빈이 목걸이를 받아 자신의 목에 둘렀다. 목 뒤쪽으로 후크를 걸려는데 보이질 않으니 쉽게 되질 않았다. 몇 번인가를 연거푸 실패하자 엘리아가 가까이 다가왔다.

"제가 해드릴게요."

"아……."

엘리아가 채빈의 코앞에 발끝으로 섰다. 그러더니 채빈을 껴안듯이 두 팔을 내밀어 목걸이를 잡았다.

"잘 안 보이네, 정말."

엘리아가 중얼거리며 채빈의 목으로 얼굴을 가까이 들이밀었다. 생기발랄한 금발이 뺨을 간질이는 순간 채빈은 호흡을 멈추고 석상처럼 굳었다. 콧속으로 스며드는 향기로운 체취 때문에 질식할 것 같았다.

딱!

후크가 걸리는 소리가 난 순간 채빈은 구원을 받은 사람처럼 숨을 크게 내쉬었다. 엘리아가 까치발을 거두고 고개를 뒤로 당기고 있었다. 그와 동시에 채빈은 목걸이를 보려고 고개를 떨어뜨렸다.

쪽.

"……."

"……."

서로의 눈에 시선을 고정시킨 채 채빈과 엘리아는 침묵했다. 두 사람의 얼굴은 누가 더 심하다고 말할 수가 없을 만큼 한껏 달아올라 있었다.

아주 잠깐이었지만 두 사람 다 확실히 느꼈다. 입술과 입술이 닿았던 부드럽고 따스한 감촉은 여전히 서로에게 은은히 남아 있었다.

"죄, 죄……."

한참 만에 엘리아가 가까스로 입술을 떼었지만 말이 제대로 이어져 나오지가 않았다. 채빈도 얼빠진 채로 서 있을 뿐 좀처럼 대답할 거리를 찾지 못하고 있었다.

"죄, 죄송해요! 제 행동이 이, 이렇게 변변치 못해요. 방금 한 실수는 부디 잊어주세요."

"실수라니요. 아니에요. 아니, 제 말이 조금 이상한데 그러니까 아무튼 그렇게까지 말씀은 안 하셔도 되고, 그러니까……."

채빈은 경황없이 나오는 대로 지껄였다. 기실 지금 헛바닥을 타고 무슨 말이 나오고 있는지 종잡을 수도 없었다. 끝내 엘리아는 두 손바닥에 얼굴을 묻고는 오두막 뒤켠으로 도망쳤다.

꽤 시간이 지나서야 엘리아는 얼마간 마음을 진정시키고 돌아왔다. 채빈이 먼저 곁눈질을 하며 멋쩍게 웃어보였다. 그러자 엘리아도 달아오른 두 뺨을 문지르며 수줍은 미소로 답했다.

"하하하."

"후훗……."

예기치 않은 사고는 그렇게 마무리되었다.

그 뒤로 한 시간 가까이 채빈과 엘리아는 시시콜콜한 주제로 대화를 이어나갔다. 두 사람 다 어색함을 지우기 위해 필사적으로 활기찬 태도를 유지하면서.

채빈이 뿜어냈을 정도로 뜨거웠던 차가 완전히 식었다. 대화할 거리도 자연스럽게 바닥을 드러내고 있었다. 어느덧 헤어져야 하는 시간이라는 사실을 두 사람은 내심 느낄 수 있었다.

먼저 일어난 쪽은 엘리아였다.

"그럼 이만 돌아가 보겠습니다. 제가 용사님의 시간을 너무 오래 빼앗았어요."

"아니에요, 그런 건."

엘리아가 문 앞에 놓았던 짐을 집어 들고 텔레포트 마석이 설치된 바닥의 여닫이문을 열었다. 짐을 먼저 내려놓고 한쪽 다리를 그녀의 등 뒤에서 채빈은 줄곧 망설였던 말을 내뱉었다.

"사는 곳 주소를 알 수 있을까요?"

"네?"

"엘리아 님의 집이요."

"그 말씀은… 나중에 저를 다시 만나러 오시겠다는 건가요?"

"뭐 그런 거지요."

엘리아는 동그랗게 두 눈을 뜨고 채빈을 올려다보고 있었다. 그런 채로 한 손을 짐 꾸러미에 넣었다. 다시 나온 그녀의 작은 손 안에는 반으로 접힌 종이가 쥐어져 있었다.

"받아주세요."

"이건?"

"제가 사는 곳이에요. 사실은… 아까부터 계속 고민하고 있었어요. 언제고 꼭 찾아와 주셨으면 좋겠다고 부탁드리려고 했는데 용사님을 번거롭게 만드는 것 같아서……."

말끝을 맺지 못하고 얼굴을 붉히는 엘리아가 너무도 귀여웠다. 채빈은 가쁜 숨을 억누른 채 종이를 받아 챙겼다.

억지로 입은 꾹 다물고 있었다. 자칫 분위기를 타고 실수를 저지르게 될 것 같아서였다.

"그럼 이만 갈게요. 언제고 뵙기를 기대하고 있겠습니다."

"네, 조심히 가세요."

엘리아는 아쉬움이 묻어나는 눈길로 채빈을 바라보며 나머지 한 다리마저 아래로 늘어뜨렸다. 바로 다음 순간 빛이 반짝이는가 싶더니 엘리아의 모습이 사라졌다.

"후우우……!"

채빈은 스스로도 모를 한숨을 길게 내뿜으며 오두막을 나섰다. 마왕성으로 터벅터벅 돌아가는 내내 그의 표정은 꿈이라도 꾸고 있는 듯이 멍하기 짝이 없었다.

던전관리소에 새로이 등장한 던전에 대해 알기 직전까지 줄곧 넋이 나간 그 상태 그대로였다.

제7장

동황루

이계
마왕성

언제나 그렇듯이 초저녁의 동황루는 시끌벅적했다.
 연호재는 내원 너머에서부터 울리는 웅성임을 희미하게 들으며 부지런히 손에 쥔 조각칼을 놀리고 있었다.
 그녀는 아패를 조각하는 중이었다. 본래 곽동의 일이었기에 조각하는 건 지금이 처음이었지만 실력은 전문가처럼 능숙했다.
 '방두준……!'
 얼굴이라면 이미 확인했다. 전장에 전표를 돌리고 오는 길에 동황루 4층의 특별연회장까지 술을 나르러 올라갔었다.

그리고 거기에서 방두준을 보았던 것이다. 성대한 연회를 준비하는 가운데 모두가 굽실굽실 '방 대형, 방 대형' 하며 아부를 지껄이고 있었다.

언뜻 조각하고 있던 아패가 찢어 죽여도 시원치 않을 방두준의 얼굴과 겹쳐 보였다. 조각칼을 쥔 손에 핏줄이 불거지면서 힘이 가득 들어가고 있었다.

'오늘 밤이다.'

동황루의 구조라면 이제 완벽하게 꿰고 있었다. 조현과 방두준 모두 오늘 밤 연회가 끝나기 전에 목숨을 잃을 것이다. 연호제는 다짐에 다짐을 거듭하면서 입술을 깨물었다.

"뭐해?"

등 뒤에서 곽동의 목소리가 들렸다. 연호제는 화들짝 놀라 손에서 힘을 빼고 돌아보았다.

"언제 왔어?"

"하, 한 어, 얼마 안 돼, 됐어, 됐어."

아패 표면의 먼지를 털어내며 연호제는 한숨을 내쉬었다. 어째서 그토록 예민한 자신이 무공의 무자도 모르는 평범한 사내의 기척을 종종 놓쳐 버리는 것인지. 아무리 방두준을 향한 증오심에 불타오르고 있었다고는 해도 말이다.

사실 답은 알고 있었다, 곽동이라는 사내를 믿고 있기에 쉽게 안심해 버리곤 하는 것을. 문득 스스로가 못미덥고 한심스러웠다.

이런 찝찝한 기분은 곽동이 좋은 사람이라는 사실과는 별개 문제였다.

"왜 말 안 걸고 가만있었어?"

"그, 그냥 조각을 잘 하, 하길래 좀 보, 보느라고. 연습해, 했어?"

"아니."

본래 손재주라면 자신 있었다. 암기제조의 명인답게 무엇이건 잘 만들던 아버지를 따라 어릴 적부터 이것저것 만들곤 했었다. 동황루를 조사할 목적이 없었다면 파발꾼 대신 아패 조각 일을 맡았을 것이다.

손재주 덕분에 일찌감치 후계자로 지목되기도 했지만 어쨌든…….

자신을 후계자로 점찍은 아버지는 이미 세상 사람이 아닌 것이다.

문득 거기까지 생각한 연호제는 굳은 안색으로 아패를 내려놓고 일어섰다. 이제부터 마왕성에 돌아가 복장과 무기들을 챙겨 공격을 가할 채비를 해야 했다.

"어, 어디 가?"

"바람 좀 쐬러."

"나, 나도 가, 같이 갈까?"

"혼자 생각 좀 하고 싶어."

"그, 그 이상한 지, 짓 하러 가는 거 아니지?"

"이상한 짓?"

"그, 그러니까 내가 알려준 그, 그 사람 만나러 가는 거 아니지? 아, 이 얘기 아무한테도 하지 말라고 해, 했는데 미안. 너한테도 하, 하면 안 되는데. 아, 아니 이건 되, 되나?"

곽동이 이리저리 머리를 흔들며 더듬댔다. 연호제는 스스로도 의식하지 못한 엷은 미소를 입가에 지으며 대답했다.

"적어도 닷새는 여기 있을 거라고 내가 약속했잖아."

"저, 정말이지?"

곽동이 확답을 받듯이 되물었다.

연호제는 태연히 고개를 두어 번 끄덕였다.

"정말이야. 자기 전에 돌아올게."

물론 거짓말이었다. 이제 두 번 다시 곽동과 긴 시간을 보냈던 이 숙소에 돌아올 일은 없을 것이다.

연호제는 좁은 방의 소소한 풍경을 등지고 선 곽동을 가슴에 담듯이 지그시 바라보았다. 벌써부터 그리운 마음이 들었지만 그것은 잠시, 연호제는 손을 살짝 까딱여 보이고는 휑하니 돌아섰다.

"꼬, 꼭 자기 전에 와! 마, 만두 사다 노, 놓을 테니까!"

"내 건 야채만두로 부탁해."

"아, 알았어. 너, 너처럼 얄밉게 새, 생긴 애는 야채를 좋아하지. 으헤헤."

곽동이 웃음을 터뜨리며 방을 청소하기 시작했다. 그런 곽동을 등지고 나오는 연호제의 얼굴은 한없이 어둡고 침울했다.

깊은 밤에 홀로 만두를 꾸역꾸역 먹으며 눈물을 터뜨릴 곽동에게, 연호제는 가만히 속으로 작별을 고했다.

'안녕, 곽동. 멋진 사내.'

"주인님, 주인님."

"어, 말해. 왜?"

채빈이 멍해 있던 두 눈을 비비며 화들짝 대답했다. 운디네는 수상하다는 듯이 가늘게 뜬 눈초리로 채빈의 표정을 훑어보고 있었다.

"역시 뭔가 이상해요."

"뭐, 뭐가?"

"그 엘리아라는 아가씨가 그렇게 좋던가요?"

"또 무슨 이상한 소릴 하려고 그래? 괜히 엉뚱하게 연결하지 말고 계획이나 짜자니까."

"저는 계속 열심히 설명하고 있었어요. 주인님만 넋이 나가 계셨지."

동황루 199

운디네의 말대로였다. 채빈은 엘리아와 만나고 돌아와서도 지금까지 10분가량을 마취가 덜 깬 환자처럼 멍하니 있었던 것이다. 입술에 남은 엘리아의 온기와 코끝에 스며든 체취를 상기하면서.

"아무래도 안 되겠어요. 좀 휴식할까요?"

"휴식은 무슨. 빨리빨리 개발해야지 쉴 틈이 어디 있어? 미안해, 이제부터 집중할 테니까 계속 말해봐. 어디까지 말했지?"

채빈이 두 눈을 크게 뜨고서 집중하겠다는 의사를 강하게 내비쳤다. 운디네는 미심쩍은 얼굴이었지만 끊었던 설명을 이어나갔다.

"천화지 대륙에 새로운 던전이 열렸어요."

"오호, 그래?"

채빈이 반색을 했다. 하기야, 칸체레 수도원 던전을 세 개나 공략했는데 아무 것도 나오지 않는다면 그게 더 기이한 일일 것이다.

채빈이 호기심을 품고 다음 얘기를 재촉했다.

"계속 말해봐. 어떤 던전인데?"

"어떠한 던전인지에 대한 것보다 중요한 얘기가 있어요. 오늘 공략한 세 개 던전은 전부 별 다섯 개였지요. 이제 남은 던전은 도서관이랑 공방인데 둘 다 별 여섯 개 난이도구요."

"그래. 그런데?"

"천화지에 열린 던전은 난이도가 별 다섯 개예요. 기왕이면 안전한 던전부터 공략하는 게 좋지 않겠어요? 별 한 개 차이지만 중급 이상에서부터는 이 한 개의 차이도 무시할 수 없다고 생각해요."

"흐음……."

"게다가 주인님은 마법에 비해 무공 쪽이 다소 부족하시잖아요. 천화지 대륙의 던전을 공략하셔서 힘을 보강하세요. 칸체레 수도원의 남은 던전은 그 다음에 공략하고요."

구구절절 옳은 얘기라고 채빈은 생각했다. 익힌 무공이라고는 삼재검법 초식 몇 구절과 황도백양각밖에 없었다.

게다가 내공도 고작 10년이라 황도백양각을 한 번 쓰기라도 하면 각혈이나 해버리니, 운디네가 돌려서 말하느라고 다소 부족하다고 한 거지 바닥이라고 표현해도 할 말이 없을 지경이었다.

"옳은 얘기 같은데……. 프라이어 생각은?"

채빈이 고개를 들고 의향을 물었다. 허공을 선회하고 있던 프라이어가 빛을 번쩍이며 대답했다.

"찬성입니다, 형님. 쉬운 던전부터 차근차근 공략하는 게 당연합니다."

"그래, 그럼 당장 가자."

채빈이 자리를 털고 일어섰다. 엘리아와의 만남 때문에 마음도 뒤숭숭한 상태였기에 차라리 몸을 빨리 움직이는 편이 좋다고 생각했다.

"던전 진입 전에 챙기셔야 할 것들이 있잖아요. 얻은 레시피들 제작도 하셔야 하고 마도서첩 강화도 하셔야죠."

"그래, 나도 공작소부터 가려고 했어."

"방금 가시려던 방향은 던전 관리소인데요?"

"따지지 좀 마. 오늘따라 왜 이렇게 잔소리가 심해?"

채빈이 툴툴거리며 발길을 돌렸다. 두 정령과 드미트리가 레시피들을 챙겨 그의 뒤를 따르고 있었다.

"레시피 세 개지? 일단 이것들부터 끝내고 나서 마도서첩 강화하자."

공작소에 들어선 채빈은 제작에 앞서 레시피를 하나씩 제단 위에 올려놓았다. 빛과 함께 전면의 광판이 갱신되면서 설명이 떠올랐다.

〔율로우스 플레임〕

종류:무기   등급:B등급
방식:마나 연동형, 소모품   공격력:1㎡~15
착용제한:1서클 이상의 마나
부가효과:없음, 강화불가.

물품설명:상업국가 율론 경비대의 주요장비 중 하나. 화염 속성 마법이 깃든 폭탄으로 마나가 주입되면 3초 후 폭발한다. 1회 사용하면 사라진다.

제작비용:15코인

[발켄 보우]

종류:무기　　　　　　　　등급:B등급
방식:마나 연동형　　　　　공격력:18~23
착용제한:1서클 이상의 마나
부가효과:없음.

물품설명:은둔한 장인 발켄이 만들어낸 활. 활시위를 당기면 빛 속성의 화살이 생겨난다. 매직 타깃과 병행하면 명중률이 상승한다.

제작비용:95코인

[파라마 헬름]

종류:방어구　　　　　　　등급:B등급
방식:기본형　　　　　　　방어력:3
착용제한:없음
부가효과:없음

물품설명: 파라마 백작이 왕국과의 전쟁에서 29연승을 기록하고 이를 기념하기 위해 만든 투구. 장식용으로서 의의를 갖는 물품으로 실전

에서의 방어효과는 지극히 낮다.

제작비용:15코인

"뭐야, 이게!"

채빈이 가장 마지막으로 확인한 파라마 헬름 레시피를 냅다 집어던지며 소리쳤다.

"최악 중의 최악이다, 정말. 장식용 투구가 왜 레시피씩이나 되어서 보상으로 나오는 건데? 나 엿 먹이려고 나왔나?"

"합성하실 때 제물로 사용하시죠, 형님."

"그렇게라도 쓸 수 있으니 망정이지 순 쓰레기 아냐. 제작비용 15코인도 비싸다. 이번엔 진짜 당기는 게 전혀 없네."

화면을 바라보며 채빈은 양 어깨를 축 늘어뜨렸다. 일단 한 번 쓰고 나면 없어지는 율로우스 플레임에는 눈길조차 가지 않았다.

그나마 나은 발켄 보우도 마음이 가지 않는 건 매한가지였다. 프라이어가 있으니 빛 속성의 화살 자체가 불필요했고, 같은 원거리 무기이면서 빅터 파우스트보다도 공격력이 낮은 점 또한 마음에 걸렸던 것이다.

"마도서첩 강화나 해야지. 프라이어, +7까지 강화 부탁해."

"형님은 뭘 하시려고요?"

"밑 빠진 독에 물 붓듯이 코인 없어지는 걸 보기가 싫어서 그래. 난 던전관리소에 가서 새로 열린 던전이나 보고 있을게."

"알겠습니다. 끝내고 던전관리소로 가지요."

"그래."

채빈은 마도서첩 강화를 프라이어에게 맡기고 공작소를 나섰다.

'천화지 대륙에 새로 열린 던전은 어떤 곳일까. 난이도는 동부 지저성처럼 쉽고 보상은 좋은 무한 던전이면 좋겠지만, 그럴 리는 절대 없겠지.'

던전 관리소에 들어선 채빈은 천화지 대륙을 선택하고 화면을 갱신했다. 눈앞으로 새로운 던전에 대한 안내가 떠오르고 있었다.

〈동황루〉

─지역:요새

─유형:유한 던전

─진입조건:240시간 간격으로 재진입 가능

─난이도:☆☆☆☆☆

─획득가능 보상:테스타코인, 축령구, 30년 내공의 정수, 일갑자 내공의 정수, 7등급 이상 오의비전서 전반, 7등급 이상 무

공서 완전판 전반, 장비 레시피
 —몬스터 정보:없음
 —추가 정보:동황루 4, 5층 파괴
 —공략 횟수:없음

"4, 5층을 파괴하라고?"

의뢰소를 거치기 전에 추가 정보가 기술되었다는 점도 흥미로웠지만, 그보다 중요한 것은 내용 자체였다.

채빈은 턱을 괴고 고개를 갸웃거렸다. 동황루라는 이름도 그렇고 추가 정보에 나온 내용도 그렇고 건물인 건 확실했다. 그런데 파괴시키라니.

건물의 재질은 뭘까. 크기는 얼마나 될까. 무슨 목적으로 지어진 시설일까. 혹시 사람들이 많이 드나드는 장소면 어떻게 해야 하나. 두서없이 생각하는 잠깐 사이에 채빈은 머리가 지끈지끈 아파왔다.

"아, 그거!"

채빈이 손가락을 튕기며 일어섰다. 아까는 외면했던 율로우스 플레임 레시피를 떠올린 것이었다. 지금 들어갈 던전과 견주어 생각하니 꽤나 요긴하게 사용될 수 있을 것 같았다. 만약 목조 건물이라면 화염 폭탄과는 상극이니까.

덜컹.

"엇, 왜 나오십니까?"

문을 열고 나오자마자 프라이어와 부딪쳤다. 인간 형태로 변신한 프라이어의 두 손에는 강화작업을 마친 마도서첩이 들려져 있었다.

"벌써 강화 끝난 거야?"

"네, 형님. 110코인으로 +7까지 성공했습니다. 코인을 많이 써서 죄송합니다."

채빈이 두 손을 들고 박수를 짝짝 쳤다.

"장난해? 그만하면 엄청 잘한 거지. 난 시그너스 아머에 270코인이나 퍼부었는데. 아무래도 내 손은 저주받았나 봐. 앞으로는 네가 강화해라."

"알겠습니다. 그런데 형님, 마도서첩은 강화효과가 그다지 좋지가 않더군요."

프라이어가 채빈의 눈앞에 마도서첩을 펼쳐보였다.

"+1에 정확히 한 장씩 늘어났습니다. 그래서 총 22장입니다. 모은 마도서는 24권인데 두 권을 못 넣게 생겼습니다."

"으음……. 그 정도면 됐어. 자칫하다 마도서첩 깨먹긴 싫으니까 일단 22장으로 만족해야지."

"어떻게 조합할까요?"

"거울의 서 아홉 장 다 끼우고, 남은 건 전부 흡수의 서로 채워줘. 아, 그리고 공작소 좀 잠깐 다시 들르자. 율로우스 플레임을 아무래도 만들어야겠어."

"마음에 안 들어 하셨잖습니까."

"한 번 쓰면 사라지는 게 싫어서 그랬는데 천화지 대륙에 열린 던전 보니까 쓸 만할 거 같아. 건물 파괴하는 거잖아."

"그럼 제가 다녀올게요, 형님."

"아냐, 직접 갈래. 그 쓰레기 두 개도 지금 합성해 버리려고."

채빈은 직접 공작소로 돌아가 가져온 세 개 레시피를 모조리 제작했다. 계란 크기의 붉은 폭탄 율로우스 플레임은 품에 챙기고, 발켄 보우와 파라마 헬름은 합성하기 위해 제단에 올렸다.

[합성 준비]
―합성1제: 발켄 보우 (B등급, 무기, +ㅁ)

―합성2제: 파라마 헬름 (B등급, 방어구, +ㅁ)

―합성비용: 1ㅁ코인

―위에 명시한 물품들을 합성합니다. 코인을 넣고 합성 레버를 당기십시오.

"무기든 방어구든 액세서리든 뭐라도 좋으니까 쓸 만한 것 좀 나와줘."

끼이익!

채빈이 힘차게 합성 레버를 당겼다. 빛이 번쩍이는데 진동이 이상하게 길게 느껴져서 불길한 마음이 들었다. 조마조마한 심정으로 광판에 나온 결과를 본 순간 채빈은 피가 거꾸로 솟았다.

―합성에 실패해 물품이 사라졌습니다.

"와, 이거 너무한 거 아니야?"

채빈이 제단을 두 주먹으로 쾅, 내리쳤다.

"기본이 쓰레기였으면 합성이라도 제대로 되어야 하는 거 아니냐고. 최소한의 양심이 있어야지 이게 말이 돼? 순식간에 도합 120코인을 날려 버렸어."

화가 나서 말은 그렇게 해도 어쩔 수 없는 노릇이었다. 본인이 선택한 것이고 그에 따른 결과는 다른 누구도 아닌 자신의 책임이니까.

채빈은 씩씩거리며 공작소를 나섰지만 동황루 던전에 들어가기에 앞서 심호흡을 하고 냉정함을 되찾았다. 대동한 두 정령과 함께 실로 간만에 접해보는 천화지 대륙의 새로운 던전으로 발길을 들이밀었다.

슈우욱!

'어라?'

던전으로 이동하자마자 퀴퀴함 속에서 피비린내가 코를 찔러왔다. 채빈은 으스스함을 느끼며 주위를 돌아보다가 놀란 숨을 흑 들이켜고 말았다. 토실토실한 돼지들이 갈고리에 꿰여 줄줄이 매달려 있는 것이 아닌가.

'도축장인가?'

돼지들은 죽은 지 얼마 지나지 않은 듯 아직도 핏방울을 똑똑 떨어뜨리고 있었다. 그렇다면 누군가가 주기적으로 드나드는 장소일 것이다. 채빈은 바짝 긴장하여 등 뒤의 어둠 속으로 한 발 깊이 몸을 숨겼다.

―아무래도 제가 먼저 알아보고 오는 편이 좋겠습니다.

채빈의 머릿속에서 프라이어의 목소리가 울렸다.

―장소가 어디인지 정확히 알 수 없으니 간단히 주변을 조사해 보고 돌아오겠습니다. 형님은 여기서 기다려 주십시오.

'그래, 알았어. 괜찮겠어?'

―걱정하지 마십시오. 금방 돌아오겠습니다.

프라이어가 빛을 흩뿌리며 어둠 저편으로 멀어져 갔다. 채빈과 운디네는 어둠 속에 꼼짝없이 몸을 웅크린 채 입을 다물고 기다렸다.

20여 분이 지나 프라이어가 되돌아왔다. 갈 때와는 달리 인간 형태였다. 양손에는 처음 보는 옷가지들을 잔뜩 들고 있었다.

'알아봤어?'

─네, 형님. 여긴 동황루의 지하에 위치한 도축장이었습니다.

'그래? 동황루는 일단 맞단 말이지?'

채빈이 속으로 되물으며 안도했다. 일단 제대로 찾아오기는 한 것이다. 프라이어가 말을 이었다.

─인파가 엄청나게 북적이더군요. 형님의 그 옷차림은 상당히 눈에 띌 것 같아 옷을 구해왔습니다. 번거로우시겠지만 갈아입으십시오. 저희 것도 있습니다.

─옷은 어디서 구했어?

운디네가 불쑥 물었다. 프라이어는 대답 대신 당황스러운 듯이 불규칙적으로 빛을 깜박이고 있었다.

─어디서 구했냐니까?

─사, 샀다.

─돈이 어디서 나서? 천화지에서 쓰는 돈 없잖아?

─그, 그게…….

─훔쳤구나?

─훔치다니! 자, 잠깐 빌린 것이다!

─물론 너한테는 그게 빌린 거겠지. 씨도 안 먹히는 소리

하고는. 어쨌든 무늬는 마음에 드네. 얼른 입어봐야지.

프라이어의 속이 뒤집히든 말든 운디네는 인간 형태로 변해 옷을 갈아입기 시작했다. 채빈은 맨살의 속옷을 아무렇지도 않게 드러내는 운디네를 피해 구석 깊숙이 들어가 주섬주섬 옷을 벗었다.

─이렇게 좁고 어두운 데서 주인님이랑 같이 옷 갈아입고 있으니까 가슴이 두근대요.

'이상한 소리 좀 하지 마. 놀러온 것도 아니고 던전 공략 중이란 말이야.'

─우후훗, 귀여운 우리 주인님. 어디 옷 입으신 것 좀 봐요.

운디네가 채빈의 팔목을 잡아끌었다. 이제 막 허리띠를 매고 있던 채빈은 바지자락을 붙잡고 뒤뚱거리며 끌려나왔다.

'아, 아직 허리띠 안 맸어!'

─어머, 삼베옷이 잘 어울리는데요? 이곳 사람이라고 해도 믿겠어요. 후훗.

운디네가 채빈 어깨의 주름을 펼쳐주며 너스레를 떨었다. 그냥 하는 말인 걸 알면서도 채빈은 운디네의 그런 말이 싫지 않았다.

'너도 무지 잘 어울리는데? 완전 예뻐.'

채빈이 화답하듯 운디네를 칭찬했다. 그러나 운디네는 조금도 기쁘지 않은 얼굴이었다. 기어이 그녀는 참지 못하고 프라이어를 이글거리는 시선으로 돌아보며 한마디 내뱉었다.

─너 일부러 내 옷도 바지로 샀지?

─그게 가장 저렴했다.

─아무리 저렴해도 그렇지. 이거 완전히 남자 옷이잖아.

─훔친 돈으로 뭘 바라는 건가.

─유치하게 말꼬리 잡니? 너라는 정령은 어쩜 이렇게 마음이 안 맞니? 내 상극은 어둠 속성이 아니라 물 속성일 거야.

─동감이다. 네 성격은 운디네보다 데스파이어에 어울려.

─뭐라구? 어디 그런 침침하기 짝이 없는 어둠의 정령을 나한테 들이대?!

운디네의 목소리가 한층 격하게 머릿속을 울렸다. 이마를 싸맨 채 이제나저제나 끝나길 기다리고 있던 채빈은 더 참지 못하고 화를 벌컥 냈다.

'그만들 싸워! 나 진짜 화낼 거야! 여기 놀러온 거 아니니까 이제 그만하고 빨리 나가자고! 프라이어, 앞장서.'

─…네, 형님. 죄송합니다.

프라이어가 말다툼을 멈추고 어둠 밖으로 한 걸음을 내딛었다. 그 뒤를 채빈과 뾰로통해진 운디네가 바짝 따라붙었다. 줄줄이 매달려 있는 돼지 사이를 통과하면서 프라이어가 설명했다.

"도축장 입구가 잠겨 있었습니다. 한동안 누가 들어올 것 같지는 않으니 혹여나 염려하지 않으셔도 됩니다. 그리고 제 홀리 이미지 하나가 망을 보고 있기도 하니까요."

"역시 프라이어야, 빈틈이 없단 말이지."

"흥."

"또 그런다, 운디네. 인정할 건 좀 인정해 줘."

"이 옷 치마로 바꿔오면요."

복도 끝으로 계단이 나왔다.

홀리 이미지 형태의 프라이어가 슬그머니 바깥 동향을 살폈다. 그러고는 자물쇠를 따고 빨리 나오라는 손짓을 해 보였다. 채빈 일행은 무사히 도축장을 빠져나가 동황루의 동쪽 내원에 진입했다.

'와, 진짜 사람 엄청 많네?'

채빈이 주위를 돌아보며 혀를 내둘렀다. 담으로 둘러싸인 내원 안은 천화지 세계 사람들로 인산인해를 이루고 있었다.

프라이어가 속으로 말했다.

―죄송하지만 형님은 이 세계 언어를 모르시니 아무 말씀도 마십시오. 일단 제가 필요에 따라 어느 정도까지는 통역을 해드리겠습니다.

'벌써 이 세계 언어를 익혔단 말이야?'

―말씀드렸듯이 어느 정도까지입니다. 지금도 계속 지식을 습득하는 중이지만 얼마나 효과가 있을지는 장담할 수 없

습니다. 일단 동황루로 들어가시죠.

'그, 그래.'

셋은 나란히 동황루의 중앙 입구로 걸음을 옮겼다. 문의 좌우에 보초로 보이는 건장한 사내가 한 명씩 서 있었다. 어쩐지 불길한 예감이 드는데 역시나 문턱을 밟자마자 사내들이 채빈 일행을 가로막았다.

'뭐라는 거야?'

프라이어가 채빈 앞으로 나서서 사내와 대면했다. 사내는 심통스런 표정으로 시끄럽게 뭔가를 계속 말하고 있었고, 프라이어는 본체를 제외한 홀리 이미지들을 총동원해 주위의 언어들을 실시간 수집하고 있었다.

한참 만에 프라이어가 고개를 급히 끄덕이더니 천화지 대륙의 화폐로 보이는 동전을 주머니에서 몇 개 꺼냈다. 그것을 받아들고 나서야 보초들은 양옆으로 비켜주었다.

'입장료 달라는 얘기였어?'

─그렇습니다, 형님. 앞으론 좀 더 빨리 통역하겠습니다.

그렇게 대답하는 프라이어의 안색은 혼이 반절가량 나간 듯했다.

동황루의 실내는 바깥에서 본 것보다도 훨씬 넓었다. 붉은 융단이 전역에 깔린 원형의 드넓은 공간이 전부 도박장이었다. 한가운데에는 화려한 금빛의 봉황 분수대가 힘차게 물을 뿜어내고 있었다.

그러나 채빈은 이세계의 생소한 문물 어느 것에도 시선을 오래 두지 않았다. 자신은 여기 놀러온 것이 아니었다. 언어도 제대로 통하지 않는 이방지대를 헬렐레 노닐고 싶은 마음은 전혀 없었다.

분수대를 지나 북쪽의 계단을 올랐다. 붉은 휘장과 홍등으로 물든 기루를 지나, 빼곡하게 들어차 있는 객실들 사이를 통과해 또 한 번 남쪽의 계단을 올랐다. 거기에서 층계참을 만나 몸을 빙글 돌렸을 때 다시 한 번 보초들과 맞부딪쳤다.

'이번에는 또 뭐야?'

설마 3층으로 올라가는 데에 추가로 입장료를 내야 하는 건가? 프라이어가 앞으로 나서서 보초들과 대화를 시도했다. 처음만큼은 아니었지만 이번에도 꽤나 시간을 소요해 대화를 끝낸 프라이어가 채빈의 마음속으로 살며시 말했다.

―여기서부터는 귀빈만 들어오실 수 있다고 합니다.

'귀빈……? 그 귀빈이 되려면 무슨 조건이 필요한 거야?'

―그건 잘 모르겠습니다. 질문해 볼까요?

알아서 먼저 묻지 않고 질문을 해보겠냐고 확인받는 프라이어의 심중을 채빈은 알 것 같았다. 대화가 길어지니까 보초들이 수상쩍은 눈초리로 채빈 일행을 노려보고 있었던 것이다.

별수 없이 일단은 물러나서 알아봐야겠다고 생각하는 순간, 최근 던전에서 배웠던 마법이 뇌리를 박차고 떠올랐다.

'그래, 그게 있었지.'

채빈은 눈앞의 보초에게 매직 타깃을 걸고 슬립 마법을 시전했다. 그 즉시 보초가 두 눈을 가물거리더니 한쪽 난간을 잡은 채 쓰러지듯 바닥에 드러누웠다.

아직 멀쩡한 보초가 놀라서 동료를 깨우다가 연이어진 슬립 마법에 고꾸라졌다.

'이제 됐지?'

두 보초는 사이좋게 몸을 포갠 채 코를 드르렁드르렁 골아대고 있었다. 그러나 끝이 아니었다. 쓰러진 그들을 넘어 3층으로 올라가려는 채빈에게 프라이어가 다급히 경고를 날렸다.

―형님, 잠시만요!

'왜 그래?'

―아무리 생각해도 준비를 해서 다시 들어오거나 다른 방법을 찾는 게 좋을 것 같습니다. 귀빈들은 서로의 얼굴을 익히 알고 있을 텐데, 생소한 형님과 저희 둘이 들어가서 돌아다니면 금세 의심을 살 것 같아서…….

'그것도 그렇군.'

―게다가 3층에도 사람이 꽤나 많습니다. 그 많은 사람들

에게 전부 슬립 마법을 쓰신다는 것도 불가능하고요. 얼마나 강한 상대가 있는지도 아직 모르지 않습니까. 일단 내려가셔서 식사라도 하시지요. 그 사이에 제가 간단히 조사를 먼저 해보겠습니다.

언제나처럼 프라이어의 말에는 일리가 있었다.

식당을 지나칠 때 허기를 자극했던 맛있는 냄새가 생각나기도 했던지라 채빈은 납득하고 돌아섰다.

―뭘 먹을까요, 주인님? 저기 오리고기도 팔아요.

'비싸 보이는데. 여기 돈도 별로 없고……'

온 길을 되밟아 동황루의 1층으로 내려왔을 때였다.

도박장 내벽의 창을 통해 바깥 풍경을 바라보던 채빈이 두 눈을 휘둥그레 뜨고 의견을 냈다.

'외벽을 타고 기어오르는 건 어때?'

―외벽이요?

'그래, 외벽. 기둥을 타고 올라가도 되고, 힘들면 시그너스 아머 장착해서 레비테이션 윙을 좀 써도 되고.'

―보는 눈만 없다면 괜찮은 방법이라고 생각해요.

'알아보자.'

동황루 밖으로 나간 채빈은 처음 봤을 때와 다른 시선으로 동황루의 외관을 뜯어보았다. 귀퉁이마다 봉황이 날갯짓을 하는 무늬가 새겨진 기둥이 있었다. 저 정도면 크게 힘들이지 않고 올라갈 수 있을 듯했다.

'이제 문제는 사람들 시선인데.'

채빈은 4층까지의 거리를 대략적으로나마 가늠했다. 레비테이션 윙을 사용하지 않고 순수 근력으로 오르려면 아무리 빨라도 1분은 소요될 듯했다.

'북쪽도 보초가 많이 있나?'

그런 생각을 하며 채빈이 고개를 돌렸을 때였다.

콰아아아아아아앙!

"우와!"

귀청이 떨어져나갈 정도의 격렬한 폭음이 일었다.

사방을 에워싼 수많은 사람들이 너도나도 비명을 질러대기 시작했다.

"갑자기 뭐야?"

세일기간의 도떼기시장을 방불케 하는 상황 속에 더는 목소리를 숨길 필요도 없었다. 허둥거리며 도망치다가 부딪쳐 넘어지고, 밟혀서 울부짖는 사람들로 인해 동황루는 순식간에 난장판이 되었다.

"저건가?"

채빈의 두 눈이 폭음의 발원지로 가 꽂혔다. 동황루 3층의 모든 창문에서 열기와 함께 희뿌연 먼지가 새어나오고 있었다. 무엇인가 사고가 난 것이다.

"주인님, 뭐하세요? 사람들 눈이 다 딴 데로 갔을 때 빨리 움직여야죠!"

"알았어. 지금이 기회지."

채빈은 마주 오는 인파를 가르고 동황루 북쪽 음지로 들어섰다. 그곳엔 아무도 없었다. 정문의 보초들도 죄다 3층으로 뛰어올라간 상황이었다. 채빈은 시그너스 아머를 장착하고 드높은 동황루의 꼭대기로 오르기 시작했다.

그와 같은 시각.

동황루의 3층은 광란의 도가니였다.

"꺄아아아아아악!"

얇은 이불을 몸에 두른 알몸의 기녀가 새된 비명을 지르며 도망치다가 계단에서 발이 꼬여 고꾸라졌다. 그녀가 흘린 이불이 계단을 길게 가르는데 마침 그 위로 도망치던 사내들이 한꺼번에 사이좋게 뒤엉켜 데굴데굴 굴러 떨어졌다.

"목숨이 아까우면 전부 나가!"

복면을 쓴 연호제가 소리쳤다. 가죽 부대를 비스듬히 메고 선 그녀는 양손에 사과 크기의 구체를 하나씩 들고 있었다. 아버지의 비전에 기초하여 그녀가 직접 제작한 폭탄이었다. 복수의 날을 위해 비전을 연마하고 다듬어 최고의 무기로 탄생시킨 것이었다.

"나가라고!"

연호제가 또 한 차례 폭탄을 내던졌다.

콰아앙!

"히이이이익!"

폭음과 함께 내벽이 와르르 무너지면서 사람들의 절규가 동황루 전체를 뒤흔들었다.

기녀와 그들의 손님은 벌거숭이로 도망치다 나자빠지고, 술을 마시던 손님들은 얼굴의 모든 구멍으로 술을 쏟아내다 오줌을 지리고, 도박을 하던 손님들은 운수가 튼 자신의 아패와 판돈 사이에서 우왕좌왕하다 주저앉아 울부짖는 등 보기만 해도 혼이 나갈 만큼 정신없는 진풍경의 연속이었다.

"으으으……. 너, 넌 누구냐!"

거의 모든 손님들이 피신했을 때였다.

연호제의 발치에 쓰러져 있던 사내가 신음하며 묻고 있었다. 가장 먼저 연호제의 습격을 받은 이 사내는 어디랄 것도 없이 온몸이 피투성이였다.

"이, 이런 짓을 하고도 무사할 수 있을 것 같으냐? 감히… 동황루가 어느 분의 소유인 줄이나 알고 이런 미친 짓을 하는 것이……."

빠가각!

"끄아아악!"

연호제가 사내의 얼굴을 냅다 걷어찼다.

사내가 두 손으로 얼굴을 감싸고 데굴데굴 굴러댔다. 벌어진 손가락 틈으로 질펀한 핏물과 함께 부러진 이가 섞여 나왔다.

"우어어… 우, 우어어억!"

바닥을 내려다보며 벌벌 떠는 사내의 얼굴은 고통과 두려움으로 뒤덮여 있었다. 연호제는 다리를 번쩍 들더니 뒤꿈치로 사내의 머리통을 내리찍었다.

빠가각!

"푸우웁!"

사내의 얼굴이 바닥에 처박혔다.

코와 입이 짓이겨지면서 이목구비를 알아볼 수 없을 만큼 얼굴이 새빨간 피로 물들었다.

연호제가 사내의 뒷머리를 잡고 끌어올리더니 시선을 맞춘 채로 물었다.

"공력을 쓸 수 없어서 당황스러운가?"

"끄으으으……. 무, 무슨 말을 하려는 거, 거냐……!"

이가 다 부러진 사내의 발음은 엉성하기 짝이 없었다. 연호제는 메고 있던 자루에서 폭탄 하나를 꺼내 사내의 눈앞으로 들이밀었다.

"내 공뢰에 당했기 때문이다. 그간 수련을 게을리했나봐.

살만 피둥피둥 찐 추악한 돼지가 됐어."

"으으으……! 나, 난 네놈이 무슨 말을 하는지 도저히……."

"내 손의 공뢰가 보여? 이건 직접공격용 공뢰 중 하나인 폭공뢰(爆空雷)다. 이제 네 아가리에 이걸 집어넣을 거야. 자, 벌려."

"사, 살려……! 우어억!"

사내가 한사코 버티며 입을 열려 하지 않았다. 연호제는 대수롭지 않게 다른 한 손으로 주먹을 쥐고는 사내의 안면을 강타해 턱뼈를 으깨 버렸다.

"그어어어어……!"

사내가 두 눈을 까뒤집은 채 하악골을 덜렁덜렁 흔들어댔다. 연호제는 그 입안에 공뢰를 집어넣고 사내의 두 팔과 두 다리를 잡아 쾌속하게 관절을 뽑아버렸다.

"갸아아아악!"

"그리고… 네가 내 기척을 느끼지 못한 건 비단 수련을 게을리했기 때문만은 아닐 거다. 난 애당초 공력을 쌓을 수 없는 몸이니."

"으어어어……! 어어, 어어이!"

제발 살려달라는 애원임이 분명할 사내의 비명이 계속되었다. 연호제는 공뢰를 입에 물고 눈물 콧물을 질질 짜는 피투성이의 사내에게 나직이 말을 이었다.

"내 이름은 공손채."

그 이름을 들은 사내는 처음에는 얼빠진 표정이었다.

그러다가 이내 굴러 나올 듯이 두 눈을 치켜떴다.

살아오면서 수없이 저질렀던 악행들 중 하나가 이제 막 떠오른 참이었다. 어찌나 놀랐는지 비명을 지르는 것마저 잊었을 정도였다.

"잘 가, 조현."

말을 마친 연호제가 몸을 빙글 돌렸다.

6년 전의 그날 밤.

공손일가 학살 사건에 참가했던 오가장의 조현은 멀어지는 연호제의 뒷모습을 멍청하게 바라보고 있었다. 그는 연호제의 모습이 층계 너머로 사라지고 나서야 입에 문 공뢰를 떠올리고 미친 듯이 발버둥을 치기 시작했다.

그러나 때는 너무 늦었다.

콰아아아아아앙!

으깨진 조현의 잔해가 사방으로 튀었다. 이제 조현은 연호제의 안중에 없었다. 그녀는 남은 목표를 제거하기 위해 단숨에 동황루 4층까지 올라섰다.

"많이도 반기러 나와주셨군."

오가장의 무인 수십 명이 연호제의 앞을 에워싸고 있었다.

그들 무리의 저 너머로 거구의 한 사내가 석상처럼 버티고 서 있었다. 동황루에서의 마지막 표적인 방두준이었다.

"마지막 경고다. 목숨이 아깝다면 지금 당장 나가."

연호제가 양손의 공뢰를 만지작거리며 말했다. 애당초 공뢰를 사용해 동황루 건물의 모든 인간을 죽일 수도 있었다. 그럼에도 불구하고 번거로운 길을 선택한 이유는 특별한 것이 아니었다.

자신의 복수를 하는 와중에 누군가의 복수 대상이 되는 건 가능하면 피하고 싶었을 뿐.

"다들 살 만큼 살았나 봐."

연호제가 자신만 들을 수 있는 목소리로 중얼거렸다.

무인들이 슬금슬금 간격을 좁혀오고 있었다.

가느다란 한숨 끝에, 연호제는 앞니를 드러내며 모두가 볼 수 있으리만치 또렷하게 웃었다.

"죽고 싶다면야."

타다다닷!

무인들이 앞다투어 달려들었다.

연호제가 그에 맞서 단전 가득히 내공을 끌어올렸다.

자신의 육체를 근간으로 한 것이 아닌 마왕성에서 얻은 내공이 팔 끝을 타고 내려와 양손의 공뢰까지 흘러들었다.

─단공뢰(斷空雷).

피슛!

보이는 것은 찰나의 섬광이었다.

선두에서 달려들던 무인의 목이 허공 저편으로 날아가고 있었다. 잇따라 뒤를 따르던 대여섯 명의 무인도 팔과 다리가 제멋대로 잘려나갔다.

"끄아아아아악!"

"캬아아악, 내, 내 팔!"

피떡이 된 동료들을 넘어 무인들이 계속 짓쳐들었다. 연호제의 두 손도 쉬지 않았다. 부피가 줄어들 줄 모르는 가죽 부대에서 끊임없이 새로운 공뢰들을 꺼내들고 있었다.

―반공뢰(反空雷), 연(連).

퍼엉! 퍼퍼퍼펑!

두 번째 폭발에는 비명도 없었다.

폭발과 동시에 숨이 끊긴 수 명의 무인이 천장과 벽에 세차게 처박혔다. 불귀의 객이 되어 바닥으로 곤두박질친 그들의 얼굴은 공격 직전의 기합이 들어간 표정을 유지하고 있었다.

자신들이 무슨 공격에 당했는지 의문을 품을 새도 없었던 것이다.

"어, 어떻게 한 거지?! 너 봤어?"

"못 봤어……! 사형이 격공장을 쓰려던 것까지만……!"

연호제의 괴력을 실감한 무인들이 푸르뎅뎅해진 안색으로 뒷걸음질을 치고 있었다. 처음에 경고할 땐 귓등으로도 듣지 않았던 자들이 지금은 오금을 벌벌 떨며 도망칠 궁리에만 급급해진 모습이었다.

콰직!

"푸학!"

뒤로 물러서던 무리의 가장 뒤에서 피분수가 솟구쳤다.

방두준이 피로 물든 손을 거두었다. 머리가 으깨진 무인 하나가 쓰러져 바닥에 얼굴을 처박았다. 피와 뇌수가 뒤섞여 끔찍하게 흘러나오고 있었다.

"도망치면 무조건 죽는다."

"히이이이익!"

"싸, 싸워! 앞으로 나가!"

방두준의 배수진에 무인들은 이판사판의 심정이 되어 악을 쓰며 덤벼들었다. 연호제는 기꺼이 적들을 맞이하며 부지런히 가죽 부대에서 공뢰를 꺼내들었다.

폭음과 절규, 희뿌연 먼지가 몇 차례 반복되었다.

다시 그 연기가 가시고 조금씩 시야가 확보되었다. 그 속에서 서 있는 자는 어느새 연호제와 방두준 둘뿐이었다.

연호제가 즐비하게 쌓인 시체들의 산을 넘어 방두준에게로 다가갔다. 보폭을 넓혀 자세를 잡으며 방두준이 물었다.

"싸우기 전에 통성명이나 하지. 그대는 누구신가?"

"네 녀석이 죽기 직전에 알려주지."

말이 끝나기가 무섭게 연호제의 신형이 직선으로 쏘아져 나갔다. 그 끝엔 당연히 방두준이 서 있었다. 연호제는 오른손에 공뢰를 꺼내드는 한편 왼손 가득 공력을 실었다.

정권과 정권이 맞부딪쳤다.

콰앙!

"흡!"

"큭!"

두 사람이 짧은 신음을 토해내며 뒤로 물러섰다. 그와 동시에 서로의 수준 또한 가늠할 수 있었다. 그 결과로 인해 식은땀을 흘리는 건 방두준 쪽이었다.

'이 정도인가……! 이건 최소한 일 갑자 이상의 공력이다!'

방두준은 대놓고 두려움을 내비치지는 않았지만, 처음의 여유로움은 확실히 잊어버린 상태였다. 불끈 쥔 그의 두 주먹이 부서질 듯했다.

수많은 강자들을 짓이겨 왔던 자신의 철권으로 이번에도 승리를 거머쥘 수 있을까. 솔직히 확신이 들지 않았다.

'이상한데.'

방두준의 맞은편에서 연호제는 나름대로 묘한 위화감을 느끼고 있었다. 방두준을 향해 집중하고 있는 정신이 자꾸만

흐트러지는 까닭을 알 수가 없었다.

'불?!'

불현듯 연호제의 두 눈이 치켜져 올랐다.

머리 위의 천장에서부터 전해져 오는 두터운 열기가 위화감의 정체였다. 4층 혹은 5층에 화재가 난 것이 분명했다. 그 점을 깨닫자마자 천장 한 구석의 대들보가 우지끈 무너져 내리고 있었다.

그때였다.

콰앙!

방두준이 징권을 날려 등 뒤의 창을 부숴버렸다.

연호제가 천장을 살피던 시선을 거뒀을 땐 이미 창밖으로 몸을 날리고 난 후였다.

'감히 도망칠 수 있을 것 같으냐!'

연호제도 놓칠세라 부서진 창문으로 몸을 내던졌다.

어둑해진 밤의 허공을 가르며 내려가 지면 위로 가볍게 몸을 착지시켰다. 내원 서편의 마구간을 향해 전력으로 신형을 날리는 방두준이 보였다.

"저리 비켜!"

방두준은 아직도 꽤나 남은 군중들을 후려치며 나아가고 있었다. 힘을 조절하지 않은 그의 손속에 수많은 사람들이 피거품을 뿜으며 쓰러져갔다. 연호제는 나뒹구는 시체들을 뛰어넘으며 날듯이 방두준의 뒤를 추격했다.

빠지직! 와르르… 쿠우웅!

새빨간 불에 휘감긴 동황루가 4층에서부터 붕괴되고 있었다. 연호제의 두 눈에는 오직 죽여야 할 방두준만이 담겨 있었다. 동황루 건물 따위 어떻게 되든 관여할 바 아니었다.

마구간이 지척에 다다른 순간.

연호제의 두 눈에 누군가가 끼어들었다.

자신이 쫓고 있는 방두준의 코앞에 한 사내가 서 있었다.

울부짖으며 발을 동동 구르고 있는 그 사내의 얼굴 위로 방두준의 철권이 치닫고 있었다.

복면 속에서 찢어질 듯 벌어진 연호제의 입이 비명과 같은 고함을 토해냈다.

"곽동!"

제8장

루엔클라우스 코인

이계
마왕성

"저, 점심 챙겨 노, 놓을 테니까 바, 바로 와."

"너, 너처럼 알밉게 생긴 남자가 세상에 어, 어딨어."

"내, 내가 바보 천치인 줄 아, 알아! 나도 아, 알아! 너는 위험한 일을 하, 하려고 하잖아! 하지 마! 하지 말라니까!"

찰나의 순간에 무수한 추억이 터져 나왔다.

공뢰를 쥔 두 팔은 무거웠다. 가죽 부대에 공뢰를 집어넣을 시간도 부족했다. 공력을 실어 경공으로 지면을 박찰 시간도 부족했다. 부족한 시간에 비해 곽동과의 거리는 너무 멀었다.

폭발하는 추억 끝으로 세찬 피분수가 솟구쳐 올랐다. 수줍게 만두를 내밀던 곽동의 따스한 팔이 허공을 날고 있었다.

"곽동!"

튕겨나가는 곽동을 바라보며 연호제는 소리쳤다. 그녀의 두 귀는 제 기능이 멎어 자신이 절규하고 있다는 사실조차 인지하지 못했다. 구멍 뚫린 풍선처럼 온몸에서 힘이 쭉 빠져나가고 있었다.

바로 그때였다.

"크아아아아악!"

신랄한 비명이 나락으로 빠져드는 연호제의 정신을 끌어올렸다.

역겹게 고막을 울리는 이 절규는 결코 곽동의 목소리가 아니었다. 허공에 포물선을 그린 끝에 떨어진 팔로 연호제가 시선을 던졌다.

어두운 환상이 걷히면서 사물이 또렷하게 보이기 시작했다. 그것은 곽동의 팔이 아니었다. 조금 전 자신과 맞부딪쳤던 방두준의 철권이었다.

쉬이이익!

불에 휘감긴 동황루의 4층에서 뛰어내리는 자가 있었다.

등 뒤로 수십 권의 마도서를 둥둥 띄운 백색 갑옷의 남자. 바로 이채빈이었다.

'저 사내는 그때……?!'

채빈을 본 연호세는 언젠가 공략했던 한국의 동물원을 떠올리며 아연실색했다. 독특했던 외견만큼 남은 기억도 생생했다. 그때 자신과 맞붙었던 상대가 틀림없었다.

'빌어먹을……!'

채빈은 나뒹구는 팔을 보며 안색이 새파랗게 질린 상태였다. 그는 4, 5층을 불태우고 마왕성으로 돌아가기 위해 나선 참이었다. 보초들이 전부 아래층으로 내려간 덕분에 수월하게 성공했던 것이다.

채빈이 신이 나서 창문으로 몸을 날렸을 때 곽동을 공격하려는 방두준이 보였다. 채빈은 본능적으로 라이트닝 마법을 날렸다. 마도서첩에 들어간 아홉 권의 거울의 서는 라이트닝의 파워를 증폭시켰고 끝내 방두준의 팔 하나를 집어삼키고 말았다.

"끄으으으……! 동행이 있었는가!"

방두준은 지혈할 생각조차 못하고 두 눈을 번득이며 채빈을 노려보고 있었다. 기실 팔 하나로 끝난 것을 천만다행이라고 여겨야 할 판이었다. 채빈의 매직 타깃이 팔이 아닌 동체를 노렸다면 벌써 이 세상 사람이 아니었을 테니까.

"무, 무슨 무공이냐! 이 추악하고 비겁하기 짝이 없는 손속은 뭐냐 말이다!"

방두준은 울분과 증오, 그리고 두려움으로 이미 제정신이 아니었다. 천화지 언어를 배우지 못한 채빈에게는 그저 돼지 먹따는 소리로 들릴 뿐이었다.

푸욱!

"꺼어억!"

하늘을 우러러 부릅뜬 방두준의 두 눈에 흰자위만이 남아 있었다. 등 뒤로 다가선 연호제가 공뢰를 쥔 손으로 그의 등허리를 꿰뚫고 있었다. 지켜보고 있던 채빈은 경악하여 뒤로 한 걸음을 물러섰다.

"꺼… 꺼어어어……."

방두준이 침을 질질 흘려대며 가까스로 고개를 돌렸다. 복면을 쓴 연호제의 얼굴이 코앞에 있었다. 연호제는 그의 복부에 공뢰만 남기고 빈손을 빼내며 속삭이듯 말했다.

"가서 작은언니에게 안부 전해줘."

"무, 무슨……?"

"언니 이름은 공손령이야."

방두준은 조현만큼 큰 반응을 보이지는 않았다. 그저 핏물을 머금은 두 눈을 뒤흔들며 겨우 한 마디 말을 내뱉었다.

"그렇다면 네… 네가……."

연호제는 대답하지 않았다. 방두준도 대답을 기대하고 건넨 질문은 아니었다. 자신이 죽음을 맞이하게 된 이유를 알게 된 그는 천천히 고개를 떨어뜨리고 있었다.

"강해졌군……. 하지만 우쭐대지는 마라. 조현과 나는 그 분에 비하면 조족지혈일 뿐이니……."

방두준은 힘겹게 말을 이어가던 도중 바닥에 엉덩방아를 찧었다. 무너지지 않으려 한사코 남은 팔로 바닥을 짚은 그는 채빈을 흘겨보며 자조 어린 웃음을 흘렸다.

"시시한 복수 따위보다도… 내가… 궁금한 것은……. 내 팔을 이렇게 만든… 저놈의 엄청…난 무공……."

털썩!

끝내 방두준이 말을 다하지 못하고 모로 쓰러졌다. 연호제는 싸늘한 눈초리로 방두준의 주검을 내려다보다가, 복부 속에 손을 넣어 피로 질편해진 공뢰를 도로 꺼냈다.

"어, 연호제지? 맞지?"

저만치 쓰러져 있던 곽동이 알은체를 하며 연호제에게 허둥지둥 달려오고 있었다. 다행히 곽동의 몸은 상처 하나 없이 멀쩡했다.

연호제가 채빈에게 눈길을 던졌다. 이 백색 갑옷의 불청객이 아니었다면 방두준 대신 이 바닥에 나뒹굴게 됐을지도 몰랐다.

"연호제, 마, 맞지? 어? 이 냄새 연호제 맞는데!"

곽동이 코앞까지 와서 호들갑을 떨었다.

연호제가 허리춤 밑에서 손가락을 튕겼다. 한 줄기의 탄지공이 곽동을 그 즉시 기절시켰다.

곽동을 어깨에 짊어지며 연호제가 던지듯이 말했다.

"신세를 졌다. 은혜는 반드시 갚겠다."

"…뭐라는 거야?"

―신세를 졌답니다. 은혜는 꼭 갚겠다고 하네요.

"내가 누군 줄 알고 신세를 갚는대? 어? 자, 잠깐만!"

연호제가 곽동을 짊어지고 말에 올랐다. 말은 한껏 타들어가 허리가 꺾이는 동황루를 등지고 내원 바깥으로 질주하기 시작했다.

"기다려 봐!"

쫓아가려는 채빈을 프라이어와 운디네가 뜯어말렸다.

―시그너스 아머의 착용시간이 거의 다 되어갑니다. 던전 공략도 성공했으니 일단 마왕성에 돌아가서 재정비를 하시죠.

"분명히 어디서 본 적이 있는 것 같은데……."

비록 얼굴은 보이지 않았지만 전체적으로 풍기는 분위기가 낯설지 않았다. 채빈은 고개를 갸우뚱거린 끝에 두 정령의 재촉을 이기지 못하고 돌아섰다.

"어디로 가지?"

―다시 도축장으로 가면 될 겁니다. 서두르시죠. 시그너스

아머가 풀리면 귀찮은 일이 벌어질 수도 있습니다.

"알았어, 알았어. 공략은 확실히 성공한 거겠지?"

─걱정하지 마세요. 저렇게 죄다 무너졌는데 실패했을 리가 없잖아요.

채빈 일행은 부랴부랴 지하 도축장으로 향했다. 도무지 적응이 되지 않는 피비린내에 코를 비틀며 돌아가 보니 아니나 다를까. 시작지점 바로 곁에 처음에는 없었던 보상 공간이 만들어져 있었다.

"여기서는 마음이 불편하다. 일단 다 챙겨서 돌아가자."

뚜껑을 열어 보니 상자 안은 보상들로 푸짐했다. 채빈은 보상들을 빠짐없이 챙겨 들고 마법진을 통해 마왕성으로 귀환했다.

"이번 던전은 좀 쉽지 않았어?"

"그러게요. 적이랄 것도 거의 없었고요. 불을 지르는 데 아무도 방해하지 않았잖아요."

"근데 별개로 좀 많이 찝찝해."

"그 남자 말인가요? 주인님이 막아주지 않았다면 상대는 죽었을 텐데요? 팔 하나 떨어진 게 다행스러운 거예요. 심려치 마세요."

운디네가 진심으로 위로해 주고 있다는 걸 알면서도 채빈은 끝내 쓸쓸한 기분을 완전히 떨쳐 내지 못했다.

도착한 던전 관리소의 문을 열고 나가자 본성 앞에 앉아 독서중인 드미트리가 보였다. 벌써 돌아왔느냐는 듯한 그의 얼굴에서 짜증스런 심정이 느껴졌다.

채빈은 맥이 빠진지라 별 신경 쓰지 않고 가져온 양피지 설명서를 집어 들었다.

〈상자 보상 안내〉

1. 붉은 축령구
—종류:축령구
—산지:천화지 대륙
—설명:14면체의 주사위. 머리 위 높이로 던져서 사용한다. 땅에 떨어진 순간 윗면에 숨겨져 있던 보상이 주어진다.
—요구조건:없음

2. 일 갑자 내공의 정수
—종류:정수
—산지:천화지 대륙
—설명:마시면 60년을 수련한 수준의 내공을 얻을 수 있게 된다.

—요구조건:없음

3. 황도보병투(黃道寶甁投)

　—종류:4등급 오의비전서

　—산지:친화지 대륙

　—설명:황도십이류(黃道十二流)에 속한 12개의 오의 중 하나. 응축한 내공을 양 주먹으로 격발시켜 30년 내공 기준 50회 전후의 연타를 가한다. 최소 30년 이상의 내공을 갖추지 못하면 연타 자체가 불가능하다. 책을 펼치면 습득할 수 있다.

　—요구조건:30년 이상의 내공

4. 극선풍류(極旋風流) 1～3초식

　—종류:7등급 오의비전서

　—산지:친화지 대륙

　—설명:'소봉호의 여제'라 불리는 고수 풍혜상(馮慧狀)이 기존의 선풍류를 개량하여 완성시킨 무공. 동선이 크고 예비동작이 긴 기술을 최대한 배제해 극한의 공격력을 이끌어냈다는 평가를 받는다. 모든 초식들이 서로와의 연계를 염두하고 만들어진 점 또한 특징이다. 책을 펼치면 습득할 수 있다.

　—요구조건:15년 이상의 내공

5. 천수봉(千手棒) 레시피

—종류:8등급 무기 레시피

—산지:천화지 대륙

—설명:공작소에서 사용 가능

—요구조건:없음

6. 천화지 대륙 공용어 마법서

—종류:기타 마법서적

—산지:천화지 대륙

—설명:천화지 대륙 공용어를 습득한다. 1서클의 마나를 갖춘 자라면 사용 가능하다. 책을 펼치면 습득할 수 있다.

—요구조건:1서클 이상의 마나

"끝내주네……."

화려하기 짝이 없는 보상이 채빈의 우울한 마음을 어느 정도 걷어주고 있었다.

가장 마음에 드는 건 당연히 일 갑자 내공의 정수였다. 지금 가진 10년 내공에서 무려 여섯 배나 되는 강력한 공력을 얻게 되는 것이다.

정수를 마실 때 받을 고통이 걱정이 되기는 했다. 10년 내공의 정수도 그렇게 아팠는데 일 갑자면 얼마나 아플까 두려운 마음이 없지는 않았다.

'잠깐이야. 고통은 잠깐이지. 이것 또한 지나가리라.'

어차피 맞을 매 일찍 맞는 게 낫다고, 채빈은 그 즉시 정수의 뚜껑부터 열어젖혔다. 두 정령이 긴장한 낯으로 지켜보고 있는 가운데, 채빈은 두 눈을 질끈 감고 정수를 입안에 털어 넣었다.

꿀꺽!

"흡?!"

시작부터 10년 내공의 정수 때와는 차원이 다르다는 걸 채빈은 깨달을 수 있었다. 통증보다 빠르게 퍼져 복부를 뒤덮는 열기. 그 불길 속에서 거듭되는 폭발. 채빈은 벌써부터 정수를 마신 일을 후회하며 바닥에 이마를 찧어대고 있었다.

"주인님!"

"아악, 으아악! 아아~ 악!"

채빈이 이를 악물고 바닥을 이리저리 굴러댔다. 잇몸 사이에서 피가 흥건히 배어나오고 있었다. 뱃속의 열기는 멈출 줄 모르고 상승하길 계속했다.

"살려줘!"

채빈이 피를 토하듯 절규를 내질렀다. 한참을 고통스럽게 구르다 멈춘 그는 배를 위로 한껏 올린 채 사시나무처럼 전신을 떨어댔다.

"주, 주인님! 이러다 주인님 돌아가시는 거 아냐?!"

운디네가 어쩔 줄을 몰라 하며 눈물을 터뜨렸다. 프라이어는 채빈의 사지를 부여잡고 온몸을 부지런히 주물러주었다. 채빈은 피거품이 끓어오르는 입을 붕어처럼 뻐금거리며 초점 없는 두 눈으로 마왕성의 허공을 응시할 뿐이었다.

'잘 견디는군.'

드미트리가 읽고 있던 책의 페이지를 넘기며 슬쩍 눈길을 주었다. 태연한 모습을 유지하고 있는 건 드미트리 혼자였다. 크리쳐 관리실의 예티조차 채빈의 비명에 뛰어나와 울부짖으며 방방 뛰고 있었으니까.

콰앙! 쾅! 쾅!

"혀, 형님! 그러지 마세요!"

프라이어가 고통에 못 이겨 바닥에 뒷머리를 부딪쳐대는 채빈을 단단히 붙잡았다. 채빈의 입에서 피가 왈칵 뿜어져 나왔다. 각혈이 아니었다. 고통 때문에 앞니로 짓이긴 입술에서 터진 핏물이었다.

어느 순간 채빈은 고통이 잦아드는 것을 느낄 수 있었다. 실상은 정신이 혼탁해지면서 감각이 희미해지고 있었던 것이다. 의식의 끈을 놓아버리기 직전 채빈은 문득 생각했다. 세상에 쉬운 돈벌이는 단연코 절대 없다고.

약 두 시간 후.

마왕성의 침상 안에서 채빈은 두 눈을 떴다.

"주인님, 정신이 드세요?"

"으음……. 어."

채빈이 몸을 벌떡 일으켰다. 운디네가 냉수 한 컵을 건네주었다. 마침 갈증으로 목이 타는 듯했던 채빈은 한 컵의 물을 단숨에 마셔버렸다.

"후우, 살 거 같다. 나 또 기절한 거지? 얼마나 잤어?"

"두 시간이요."

"그것밖에 안 잤어?"

"본성의 침상이니까요. 집에 돌아가서 주무셨으면 사흘은 족히 쉬셔야 했을지도 몰라요. 몸은 이제 괜찮으세요?"

"어, 약간 찌뿌드드하긴 한데 괜찮아."

채빈이 이불을 걷고 몸을 일으켰다. 그리고 돌연 멈춰 섰다. 내리깐 두 눈이 자신의 아랫배로 고정되어 있었다. 예전과는 비교 자체를 불허하는 강력한 기운이 단전 내부에서 휘몰아치고 있었던 것이다.

"작살인데, 이거 진짜……!"

과연 숫자로 보는 것과 직접 체감하는 것은 천지차이였다. 60년의 내공이 이토록 엄청날 줄이야. 지금 기분으로는 손가락 하나로 설악산도 으깨버릴 수 있을 것 같았다. 채빈은 신이 나서 휘파람까지 불며 본성을 나섰다.

"바로 움직이시게요?"

"다른 보상 남은 것들 습득해야지."

일 갑자 내공의 정수라는 아픈 매를 다 맞은 터라 채빈의 마음은 홀가분하기 그지없었다.

채빈은 우선 황도보병투와 극선풍류 오의비전서를 차례차례 열고 비전을 받아들였다.

황도백양각이 그랬듯이 황도보병투의 비전 또한 지극히 간단했다. 하지만 이 단순한 비전에 담겨져 있을 괴력을 잘 알게 됐기에 채빈은 예전처럼 실망스럽지 않았다.

'극선풍류는 아무래도 연습을 많이 해야겠네.'

채빈은 뇌리에 각인된 극선풍류의 삼초식을 하나씩 들여다보며 생각에 잠겼다. 초식이 절묘하고 복잡해서 쉽게 몸에 익힐 수 있을 것 같지가 않았다.

불현듯 삼재검법을 처음 수련하던 때가 추억처럼 새록새록 떠올랐다. 큰맘 먹고 구입한 두랄루민 3단봉을 양손에 들고 지쳐서 쓰러지고 토할 때까지 수련을 반복했었다.

다시 그 괴로운 계절이 찾아오는가. 생각만으로도 채빈은 끔찍한 기분이 들었다.

비전을 모두 흡입한 채빈은 천화지 대륙 공용어를 배웠다.

마음이 더없이 편해졌다. 이것으로 천화지에서도 마음 놓고 활동할 수 있게 됐다.

프라이어가 쩔쩔매며 통역을 해야 했던 동황루에서의 악몽 같은 일은 두 번 다시 없을 것이다.

"이제 두 개 남았네."

천수봉 레시피와 축령구만 덩그러니 남아 있었다. 채빈은 축령구를 집어 머리 위로 높이 던졌다. 바닥에 떨어진 축령구가 원형을 그리며 돌다가 힘을 잃고 엎어졌다.

파삭!

빛이 일며 축령구가 바스러졌다. 채빈은 잔해 속에 생겨난 보상을 주워들며 만족스럽게 웃었다. 총합 600코인의 값어치를 지닌 테스타 코인 세 개였다.

"그간의 손해는 충분히 만회하고도 남았군. 운디네, 이것 좀 챙겨줘."

채빈은 운디네에게 테스타 코인을 맡기고 천수봉 레시피를 챙겨 층계를 올랐다. 에티가 버둥거리며 바지자락을 붙잡고 그 뒤를 따르고 있었다.

공작소로 들어서며 채빈은 불현듯 생각했다. 언제부터 마왕성이 이렇게 시끌벅적해졌을까. 두 정령과 집사, 그리고 애완동물까지 모여든 마왕성은 이제 더 이상 조용하지 않았지만 채빈은 싫은 기분이 들지 않았다.

"자, 어떤 물건인지 일단 좀 봅시다."

공작소로 들어선 채빈이 레시피를 제단 위에 올려놓았다. 사각광판이 번쩍이면서 화면이 갱신되었다.

[천수봉]

종류:무기　　　　　　　　등급:B등급
방식:내공 연동형, 마나 연동형　공격력:7~10
착용제한:10년 이상의 내공, 1서클 이상의 마나
부가효과:없음

　물품설명:신원 미상인 로쿨룸의 한 장인이 천화지 서부 지역을 순회하고 감명을 받아 만들었다는 전설의 무기. 기본 공격력이 상당히 낮은 반면 범용성이 있다.

　제작비용:115코인

"흐음, 애매하네. 이거."

　설명에도 나와 있듯이 내공과 마나가 모두 연동되는 무기는 처음이었다. 이 범용성이 좋은 것인지 아니면 그저 사족에 불과한지 판단하기가 어려웠다. 게다가 제작비용도 동급의 다른 무기들에 비해 비싼 편이었다.

　"일단 놔두자. 조금 생각해 보고 나서 다시 결정하지 뭐."

　채빈은 추후 합성재료로 사용할 물품이 하나 더 생길 때나

돼서 만들기로 결정하고 레시피를 내려놓았다. 공작소를 나서는 그는 조금 전에 받아들인 무공의 비전들을 되새기고 있었다.

'무공 수련은 확실히 해줘야 돼. 기본이 부족해.'

지금까지 근접전에서 여러 차례 위험을 겪었다. 동물원에서의 격전 때는 상대의 보법조차 제대로 따라잡지 못했었다. 지금까지도 그랬듯이 앞으로 만나게 될 수많은 적들도 마법만 사용하지는 않을 터였다.

그런 상황에 언제까지 시그너스 아머와 알량한 마법 몇 개만 믿고 싸울 수 있겠는가.

'일 갑자의 내공을 보상으로 얻은 건 엄청난 행운이다. 이걸 당연하게 받아들이면 안 돼.'

무공은 마법과는 다르다. 채빈은 과거에도 수없이 생각했던 그 점을 새삼 가슴 깊이 아로새겼다.

"수련하시려고요?"

"어."

채빈이 본성 앞의 공터에 서서 웃옷을 벗었다. 극선풍류의 1~3초식이 몸에 완전히 익을 때까지 수련할 각오였다.

"속성수련실이 개발되면 참 좋을 텐데요."

"그 얘긴 하지 마. 들어봤자 아쉽기만 한 걸."

채빈이 길게 한숨을 내뿜었다. 가까스로 잊고 있었는데 운디네 때문에 다시 생각나 버렸다.

그 시설을 개발할 수 있다면 얼마나 좋을까.

한 시간만 수련해도 온종일 수련한 효과를 얻을 수 있을 텐데.

시간절약은 논외로 치더라도 금세 엄청난 강자가 될 수 있을 텐데!

하지만 그 빌어먹을 루엔클라우스 코인이 채빈에게는 없었다. 정말이지, 각 세계에 단 한 개씩밖에 존재하지 않는다는 코인을 무슨 수로 찾으란 말인가.

차라리 그런 희귀한 코인 대신 고액을 요구했다면 불평은 안 했을 것이다. 그 가격이 10만 코인을 넘어가더라도 기꺼이 모아서 개발시켰을 것이다.

"주인님, 수련 안 하세요?"

"지금 할 거야!"

웃옷을 벗은 채빈은 셔츠도 소매까지 걷고 신발을 벗었다.

그가 벗은 신발을 옆으로 옮길 때였다. 목에 대롱대롱 매달려 있는 펜던트에 드미트리의 시선이 닿았다.

"실례지만 그 목걸이는……?"

드미트리가 채빈의 목 언저리를 가리켰다. 아래를 내려다본 채빈이 씩 웃으며 대답했다.

"아, 이거요? 아는 사람한테 선물로 받은 거예요. 이것도 수련할 땐 빼놔야겠다."

채빈이 목걸이를 풀어 신발과 함께 옆에 내려놓았다.

드미트리가 읽고 있던 책을 내려놓고 일어섰다. 다가오는 그의 두 눈이 호기심으로 반짝거리고 있었다.

"잠시 봐도 되겠습니까?"

"네, 그러세요."

드미트리가 목걸이를 들고 펜던트를 뚫어져라 바라보았다. 이윽고 그는 펜던트 측면에 깨알처럼 튀어나와 있는 돌기를 지그시 눌렀다.

펜던트의 뚜껑이 열리면서 기도하는 여자의 그림이 드러났다.

"역시……."

"뭔가요?"

비로소 궁금함을 느낀 채빈이 코를 울리며 다가왔다. 드미트리는 채빈의 시야 속에서 손에 힘을 주어 펜던트를 눌렀다.

딸깍, 소리와 함께 펜던트가 분리되면서 코인 하나가 드미트리의 손바닥 위로 떨어져 내렸다.

"축하드립니다."

"네?"

"직접 보시지요."

드미트리가 채빈에게 코인을 건넸다. 채빈은 코인 위의 기도하는 여자 그림을 내려다보다가 불현듯 숨을 훅, 들이켰다.

이 엄청난 예감은 사실일까. 떨리는 채빈의 손끝이 손바닥 위의 코인을 뒤집었다.

뒤집어진 코인의 다른 한 면에는 마계 공용어로 글귀가 새겨져 있었다.

―루엔클라우스 코인

"이럴 수가!"

예상이 맞아떨어졌다. 손바닥 위에 놓여 있는 이것은 루엔클라우스 코인이 틀림없었다. 채빈은 새하얗게 질려 연신 뜨거운 콧김을 뿜었다.

세계마다 단 한 개씩밖에 없는 극히 희귀한 코인, 속성수련실을 개발시킬 수 있는 유일한 코인이 지금 자신의 손안에 들어와 있는 것이다!

"값이 나가는 것은 아니지만 저에게는 소중한 물건이에요. 고난이 닥쳤을 때마다 이 목걸이를 만지면서 기도하면 힘이 됐거든요. 제 행운을 용사님께 드리고 싶습니다. 제가 지금 드릴 수 있는 건 이것뿐이에요."

엘리아가 이 목걸이를 건네면서 했던 말이 채빈의 귓가에 아른거리고 있었다. 소중하지 않게 여기고 있었던 것은 물론 아니었다. 다만 이런 엄청난 물건이라고 상상하지 못했을 뿐이었다.

더불어 크고 작은 의문이 봇물처럼 밀려들었다.

엘리아는 이것이 루엔클라우스 코인이라는 사실을 알고 있었을까? 알면서도 내게 이런 엄청난 보물을 준 것일까? 반대로 몰랐다면 어디서 이런 코인을 구했던 것일까?

"어서 만들어 보시지요, 형님."

"어, 그래야지."

이유에 대한 답을 듣는 건 나중 문제다.

일단은 손에 들어온 이 코인을 사용해서 속성수련실부터 만드는 게 급선무인 것이다.

이걸로 다른 두 대리자보다 우위를 점할 수 있게 되었다는 것은 자명했다. 채빈은 아랫배가 찌르르 울릴 정도로 기쁨을 만끽하면서 동상에 루엔클라우스 코인을 넣고 속성수련실 개발을 시작했다.

'6분이 왜 이렇게 길어.'

개발시간 6분이 60분처럼 길게 느껴졌다. 굼벵이처럼 느리게 흘러가는 시간 속에서 가능성이 희박한 망상이 연달아 떠오르며 채빈을 짓누르고 있었다.

초조하기 짝이 없었다. 설마 내가 개발하기 직전에 다른 두 대리자 중 하나가 루엔클라우스 코인을 구해 이미 개발을 시작한 것은 아닐까.

조바심 때문에 머리가 뒤죽박죽이었다.

"완성됐습니다, 주인님. 직접 보시지요."

마침내 6분이 다 지난 순간.

결과를 보고하는 드미트리가 이토록 고마울 수가 없는 채빈이었다.

일주일 내내 기다리던 택배기사를 맞이하듯이 채빈은 신이 나서 본성을 향해 내달렸다.

―속성수련실(Lu.1)

"성공이다!"

채빈이 문을 벌컥 열었다.

크리처 관리실보다도 다섯 배는 큰 드넓은 연무장이 눈앞에 펼쳐졌다.

주위는 회색빛 석벽으로 둘러싸여 있고 물빛 천장에는 근원을 알 수 없는 은은한 조명이 흘러나와 연무장 내부를 적당히 밝혀주고 있었다.

입구 바로 옆에는 벽보가 있었다.

〈속성수련실(Lv.1) 안내〉

1. 내공 숙련도가 기존에서 5배 상승한다.
2. 마나 숙련도가 기존에서 5배 상승한다.
3. 신체 숙련도가 기존에서 2배 상승한다.
4. 수련 이해도 및 능률이 10배로 상승한다.

"엄청나네! 야, 이거 엄청나!"

벽보를 보며 채빈이 박수를 마구 쳤다. 과연 명불허전이었다. 지성의 요람인 속성학습실과 견주어 결코 뒤지지 않는 환상적인 기능을 갖추고 있는 것이었다.

"프라이어, 이것 봐. 4번이 특히 중요해. 내가 초식을 한 번만 연습해도 열 번 이상 연습한 게 된다는 거잖아."

"그렇게 좋으십니까?"

"당연하지! 말은 안했지만 내가 얼마나 초조했는데. 이제 다른 두 대리자도 별로 겁 안 나. 걔네들한테는 없는 이런 엄청난 걸 나는 얻었잖아. 두고 봐. 걔들이 매일 열 시간씩 수련한다면 나도 열 시간씩 똑같이 할 거야. 한 달이 지나면 걔들은 300시간이지만 나는 무려 3,000시간을 수련한 셈이지, 하하하하하하하하하하!"

채빈이 연무장의 하늘을 우러러 보며 배를 뒤집고 크게 웃음을 터뜨렸다. 길게 지속되는 기쁨의 웃음 끝에 눈물도 찔끔 새어나왔다.

필요 이상으로 몸에 배어 있던 긴장이 풀리면서 새로운 의지가 가슴 깊이 깃들고 있었다.

'좋아, 해볼까.'

극선풍류의 수련이 시작되었다. 채빈은 온 정신을 집중해 습득한 극선풍류 1~3초식의 오의를 되뇌었다.

제일초식 극선팔타(極旋八打).

연계기로의 활용 빈도가 가장 높은 초식. 왼쪽 주먹에서부터 팔꿈치, 어깨로 가격한 뒤 회전과 동시에 오른쪽 어깨, 팔꿈치, 주먹으로 가격하고 버려와 두 발까지 총 8회의 공격을 가한다. 동체와 공격 부위의 회전이 서로 어긋나지 않도록 조율하는 것이 관건.

제이초식 파쇄풍(破碎風).

다수의 적에게 둘러싸였을 때 효과적으로 사용할 수 있는 초식. 딛고 선 위치를 중심으로 강력한 선풍을 만들어 낸다. 선풍의 범위는 할애한 버력이 많을수록 넓어진다. 공중에서부터 선풍의 중심을 공격하는 적을 주의해야 한다.

제삼초식 일점선풍무(一点旋風舞).

풍혜상이 개량한 것 중 가장 빛을 발하는 초식. 회전 부위를 상체로 한정시키고 무게 중심을 변경, 여기에 질풍신보 섭표의 보법을 따라 완성시켰다. 강렬한 선풍을 만들며 화살처럼 쏘아져 나가 직선공격을 가한다.

"하아아아아!"

오의를 완전히 숙지한 채빈이 본격적으로 몸을 움직이며 수련을 시작했다.

극선팔타 초식부터 수련을 개시한 그의 몸은 불과 10여 분 만에 땀으로 범벅이 되어가고 있었다.

삼재검법과는 차원이 달랐다. 심오한 초식만큼 신체를 운용하는 일도 힘겨웠지만 그보다 내력의 소모로 인한 고통이 더 컸다.

"허억! 헉!"

초식 하나를 시전할 때마다 필연적으로 내공이 소모되었다.

일 갑자의 내공을 얻지 못했다면 과연 얼마나 버틸 수 있었을까. 아니, 애초에 수련이 가능하긴 했을까? 30분도 못 버티고 쓰러져 있을 자신의 모습이 채빈은 훤히 보이는 듯했다.

"형님, 좀 쉬었다 하시지요."

순식간에 속성학습실의 하루 사용 시간 중 절반인 한 시간이 지나 버렸다. 바로 그 점 때문에 채빈은 프라이어가 걱정

스레 휴식을 권해도 듣지 않았다. 이 황금 같은 시간을 하루에 단 1분도 놓치고 싶지 않았다.

채빈은 땀을 비 오듯 흘리며 쉴 새 없이 극신팔타의 초식을 반복하고 있었다. 회전하는 동체를 뒤따라 주먹을 내지르다가 볼썽사납게 넘어지는 것도 벌써 수십 번이었다.

"허억! 제, 제길……! 사 타에서 넘어가질 못하겠네!"

가쁜 숨을 몰아쉬며 채빈은 이를 빠드득 갈았다. 내심 삼재검법을 수련했던 과거를 떠올리며 만만하게 봤던 것도 사실이었다. 설마 이렇게 고난이도였을 줄은 꿈에도 몰랐다.

"끄으으……. 사 타! 사 타까지만 좀 하자고!"

부우우웅!

채빈이 악을 쓰듯 소리치며 몸을 튕겼다.

왼쪽 주먹과 팔꿈치가 공기를 찢어발겼다. 뒤이어 왼쪽 어깨가 찢어진 공기의 여파를 으스러뜨렸다. 다시 신체 오른쪽으로 회전의 중심축이 넘어가야 하는 상황을 앞에 두고 여지없이 두 다리가 꼬여버렸다.

쿠웅!

"아으으으……! 허억! 헉! 헉!"

무릎을 꿇은 채빈의 머리 위에서 천장이 내뿜던 빛을 거둬들이고 있었다. 단숨에 연무장 전역이 깊은 밤처럼 어둑어둑해졌다. 사용 시간이 다 되었음을 알리는 신호였다.

털썩!

"형님!"

채빈이 더 걷지도 못하고 대자로 엎어졌다. 프라이어와 운디네가 뛰어가 부축했다.

소나기라도 물씬 맞은 것처럼 땀으로 흥건히 젖은 채빈은 입가에 미소를 띠고 있었다.

"에헤헤……. 재밌다. 스무 시간이나 수련… 했네."

희미해지는 목소리 끝으로 코골이가 높아지고 있었다.

프라이어가 깊이 잠이 든 주인을 모시고 속성수련실을 빠져나왔다. 업힌 채로 잠에 빠진 채빈은 루엔클라우스 코인을 선물로 준 엘리아의 꿈을 꾸고 있었다.

제9장

변수

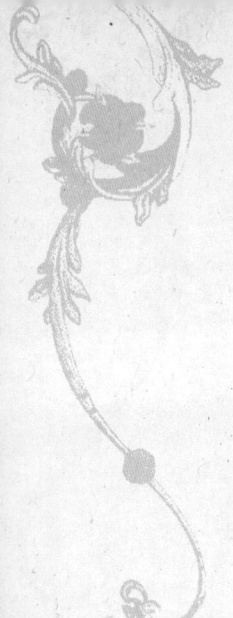

이계
마왕성

그와 같은 시각.

로쿨룸 대륙의 캔델 고원, 잊혀진 황무지.

"끅, 달빛 좋고."

자욱하게 펼쳐진 밤안개 사이로 오로지 만월만이 또렷했다.

그라즈는 짐칸의 볏짚에 등을 기댄 채 취한 두 눈으로 멍하니 하늘을 바라보고 있었다. 그러다가 자기 눈을 손등으로 쓱쓱 문질렀다.

"왜 달이 두 개지? 우웩."

지면이 고르지 않아 마차가 연신 흔들리고 있었다. 그라즈는 짐칸 밖으로 얼굴을 내밀고 토악질을 해댔다. 저녁으로 먹은 양고기와 스튜, 그리고 독주가 모조리 쏟아져 나왔다.

한참을 토한 끝에 그라즈가 머리를 거둬들였다.

입 언저리와 턱에 그득한 수염이 토사물로 범벅이 되어 있었다. 그라즈는 닦지도 않고 볏짚에 지친 몸을 기대어 한숨을 내쉬었다.

"으으, 나한테만 두 개로 보였군."

마차를 이끄는 네 마리의 말을 보며 그라즈는 중얼거렸다.

이 마차는 분명히 쌍두마차다.

오늘 아침에 거금을 주고 구입했기 때문에 확실하다.

역시, 마셔도 너무 많이 마신 것이다. 잘 성사된 거래를 핑계로 독하기 짝이 없는 벌레술을 열 병이나 비워버렸으니.

어느덧 마차는 고원으로 들어서고 있었다. 그라즈와 두 마리의 말 이외엔 아무도 없었다. 지세가 험하기로 유명한 데다 땅은 척박하고 숨겨진 광물 따위도 없으니 누구 하나 관심을 가질 리 없는 황무지였다.

"이게 무슨 냄새야?"

불현듯 그라즈가 악취를 느끼고 코를 킁킁거렸다.

짐칸 곳곳을 기웃거려 보기도 하고, 혹시 자신이 실례를 한 것은 아닌지 엉덩이를 손바닥으로 쓱 문질러보기도 했다. 하지만 악취의 원인은 짐칸에서 발견되지 않았다.

바로 그때.

쿠우웅!

"우왁!"

앞바퀴가 떨어져 나가면서 마차가 왼쪽으로 크게 기울었다.

그라즈의 까뒤집힌 두 눈이 아래로 향했다. 아아, 그곳은 가파른 절벽. 악마의 입과 같은 끝없는 어둠.

"드, 드워프 살려라!"

응당 마차를 살 때 알아봤어야 했다. 헤페룬 공방 최고의 기술자로서 자존심 때문에라도 바퀴의 문제를 알아봤어야 했다.

상황은 엉망진창.

마차는 다 부서져 튕겨나가고 금화와 광물은 사방팔방으로 흩뿌려지고 말들은 멱을 때인 것처럼 울고 그라즈는 거듭 토를 쏟아내며 데굴데굴 굴러 떨어지고 있었다.

얼마나 그렇게 굴렀을까.

"끄으…… 냄새!"

지끈거리는 온몸의 통증보다도 코를 비뚤어지게 만드는 악취가 그라즈를 더욱 심하게 괴롭혔다.

그라즈는 비틀거리며 일어서서 주위를 살폈다.

달빛도 제대로 들지 않는 우거진 숲이었다. 마차는 형태를 알아볼 수 없도록 부서졌고, 두 마리의 말은 저만치 도망치고 있었다.

"야 이 새끼들아! 이리 안 와! 니들 도망쳐봤자 이 근처에선 어차피 뒈져!"

그라즈가 기겁을 하고 뒤뚱뒤뚱 쫓아갔다.

하지만 취한 데다, 드워프의 짧은 두 다리로 도망치는 말을 붙잡는다는 건 애당초 불가능한 일이었다. 30초를 채 쫓지 못하고 그라즈는 멈춰 섰다.

"이 망할 말 새끼들! 내 용 고기 같고 크라켄 심줄 같은 소중한 재산이! 아이고! 헉헉!"

그라즈는 반쯤 구부린 무릎을 두 손으로 짚고 가쁜 숨을 몰아쉬었다. 갈증이 몰려오면서 허리춤에 매단 술병으로 시선이 갔다. 그라즈는 몸을 펴고 술병을 들어 마개를 땄다.

"어……."

그라즈가 할 말을 잃고 멍하니 섰다.

불과 다섯 걸음 정도의 간격을 둔 바로 옆에 한 여자가 있었다. 발목까지 치렁치렁 내려오는 푸석푸석한 은발. 넝마가 다 된 잿빛 튜닉. 상처로 물든 팔다리를 묶고 있는 새빨간 쇠사슬.

"자네 혹시 루이제 아닌가."

그라즈가 고개를 푹 늘어뜨린 여자의 정수리에 대고 물었다. 그는 대륙의 정세에 관해 제법 견문이 깊은 편이었다. 드위프로서 공방을 운영하고 전쟁무기 거래로 먹고살다 보니 자연스레 그렇게 됐다.

"맞지? 15년 전의 격전을 아직도 생생히 기억하고 있어. 그때 우리 공방에서 왕국에다가 폭탄을 팔았거든. 내가 대표로 왔었지."

그라즈가 천연덕스럽게 지껄이길 계속했다.

여자가 천천히 고개를 들었다. 핏기 하나 없이 창백한 얼굴. 오직 두 눈만이 형형한 광채를 띠고 있었다.

"사라져라."

여자가 나직이 말했다.

그라즈는 콧방귀도 뀌지 않고 술병을 입으로 가져가 목울대를 울리며 들이켰다. 그리고는 여자의 입에도 내밀며 권했다.

"자네도 한잔할 텐가?"

"치워라."

"쇠똥구리로 담근 술일세. 자네도 알고 있겠지. 똥을 주식으로 먹고 사는 벌레일세."

여자가 쇠사슬에 묶인 팔을 휘둘러 등 뒤의 암벽을 거칠게 때리며 포효했다.

"두더지 같은 드워프 놈이 감히 나를 희롱하는 거냐! 당장 이 냄새 나는 술병을 내 앞에서 치워!"

"냄새는 자네가 더 심한 것 같은데. 절벽 위까지 온 천지에 진동하더군. 웬만하면 좀 씻지그래."

"이이이이……!"

이번에야말로 여자의 안색이 한껏 불타올랐다.

엄청난 울분으로 위아래 이가 부서질 것처럼 맞부딪치고 있었다. 거기에서 뿜어져 나오는 신랄한 살기. 하지만 그라즈는 여전히 꿈적도 하지 않았다.

"나는… 나는 아직 죽지 않았어! 나는 왕국을 수호하는 위대한 드래곤이자 대공 루이제다! 너 따위 드워프에게 이런 수모를 겪을 입장이 아니야!"

"어이쿠, 여기 머리에도 벌레가 있네. 떼어줄까?"

"만지지 마! 감히 누굴 내려다보는 거냐!"

그라즈는 끝까지 무시하고 여자의 머리를 털어내 주면서 안타깝다는 듯 고개를 가로젓고 있었다.

"하루빨리 계약자가 나타나야겠군. 그런데, 누가 자네처럼 힘 빠진 드래곤과 계약을 해줄까. 내가 해주고 싶어도 이 몸은 너무 늙어서……."

"너 같은 더러운 드워프한테 기대한 적도 없어!"

"그래도 밤일은 잘한다고 마누라에게 만날 칭찬받는데. 한 번 볼래? 이것 좀 만져 봐."

그라즈가 자기 사타구니 부근을 불끈 잡고 허리띠를 푸는 시늉을 해 보였다. 여자는 질리다 못해 입을 꾹 다물고는 이내 고개를 푹 떨어뜨리고 침묵했다. 그라즈는 마차를 슬쩍 돌아보더니 한숨 섞인 목소리로 중얼거렸다.

"어차피 다 늙어빠진 내가 들고 갈 수 있는 짐도 아닌 거……. 에라, 모르겠다. 딸년에게는 미안하지만."

그라즈는 묶인 여자의 곁에 오래 두고 먹을 수 있는 식량과 갈아입을 옷을 챙겨 놓았다. 아버지인 자기가 봐도 딸의 짧은 팔다리로는 소화 못할 사이즈의 로브였다. 충동적으로 구매한 옷이니 이 여자에게 적선하는 것도 나쁘지 않겠다는 생각이 들었다.

바로 그때였다.

"너무 걱정 마시오, 루이제."

그라즈가 막 로브를 치켜들었을 때였다. 어둠을 가르고 날아드는 아득한 남자의 목소리가 그들의 귓가에 생생히 파고들고 있었다.

"여기 좋은 계약자가 나타났으니까."

저벅저벅.

루이제와 그라즈가 동시에 고개를 돌렸다. 어둠 속에서 그보다 훨씬 깊은 어둠의 로브를 입은 사내가 나타났다. 후드 속에서 새하얀 가면을 쓴 장신의 호리호리한 사내였다.

"안녕하시오. 대공 루이제. 아니, 이제는 루이제 본 드래곤이라고 불러드려야 하나?"

사내의 말끝이 비웃는 기색으로 살짝 올라갔다. 그라즈에 이어 이 정체모를 사내까지 나타나 자신을 우롱할 기미를 보이자 루이제는 분노로 정신이 돌아버릴 것만 같았다.

"너는 누구냐? 그리고 어떻게 여길 찾아왔지?"

"내 이름은 로이드 모빅이오. 그대와 계약하고 싶어 수소문 끝에 이렇게 찾아온 것이오."

"로이드 모빅이라, 들어본 적은 없다만……. 그래서?"

"긴말할 것 없이 그대와 계약하고 싶소."

"나와 계약하고 싶다고?"

반문하는 루이제의 목소리는 아까와는 달리 상당히 누그러져 있었다. 한두 마디의 대화를 나누자마자 그녀는 깨닫고 있었다.

로이드 모빅이라는 이름의 이 사내는 결코 범상한 인간이 아니었다. 드래곤 루이제는 오래 살았고 많은 인간을 보아왔다. 그녀는 눈앞의 이 사내가 삶의 한계를 돌파했다는 사실을 직감했던 것이다.

"당신의……"

루이제가 로이드를 바라보며 부르튼 입술을 뗐다.

"당신의 목적은 뭐지?"

"정복."

로이드가 기다렸다는 듯이 잘라 말했다.

루이제가 은빛 머리칼을 뒤로 흩날리며 고개를 쳐들었다.

"대륙 전체를 정복하겠다고?"

"그렇소."

"거기에 내 힘이 필요하단 말인가?"

"그렇소. 당신에게도 응당한 보상이 제공될 것이오."

"과거의 영광을 잃고 뼈밖에 남지 않은 본 드래곤이라도?"

"그렇소. 게다가 그 점에 대해서라면 나름 대안이 있소."

로이드의 대답에는 거침이 없었다.

루이제는 확신으로 굳건한 그의 두 눈빛을 오래도록 응시했다. 그런 끝에 가느다란 한숨을 뽑으며 턱을 늘어뜨렸다.

로이드가 한 발 물러서며 말했다.

"생각해 보시오. 며칠 뒤 다시 오겠소."

"아니, 그럴 것 없다."

루이제가 즉각 대답했다. 바닥을 기어가고 있는 벌레에게 시선을 꽂은 채 그녀는 짤막하게 말을 이었다.

"계약하겠다."

"고맙소. 빠른 시일 내에 준비를 끝내고 돌아오지."

말을 마친 로이드가 한 손을 살며시 치켜들었다. 곧이어 어둠 너머에서 로이드와 똑같이 검은 로브를 입은 자들이 줄줄이 나타났다. 어림잡아도 30명을 웃도는 숫자였다.

"시토라."

"말씀하십시오."

30명 중에 한 여자가 대답하며 앞으로 나섰다.

"다섯 명을 여기 남겨서 루이제 님을 보호하도록. 그리고……"

로이드가 말끝을 흐리며 눈을 슬쩍 돌렸다. 그의 시선이 향한 어둠 속에서 그라즈가 소리 죽여 엉금엉금 도망치고 있었다.

"나머지는 저 드워프를 데리고 마탑으로 돌아가도록 해라. 입을 막을 필요도 있지만, 헤페룬 공방의 장인인 모양이니 여러모로 쓸 데가 있겠지."

"로이드 님의 일정은 어떻게 되십니까?"

"잠시 동생을 만나러 가야 한다. 시토라, 함께 가자."

"알겠습니다."

어둠의 로브들이 일사분란하게 움직였다. 발버둥치는 그라즈를 데리고 먼저 한 무리가 어둠을 관통했다. 그와 반대 방향으로 로이드와 시토라가 몸을 날렸다. 루이제 보호를 위해 남은 다섯 명은 침묵 속에서 모닥불을 지피기 시작했다.

똑똑.

엘리아가 부스럭거리며 몸을 돌렸다. 그녀는 이제 막 잠이 든 참이었다. 문을 두드리는 소리는 계속되었고 끝내 엘리아를 자리에서 일어나게 만들었다.

"누구시죠?"

"나다."

"네? 누구……?"

"벌써 목소리도 잊었니?"

"오, 오라버니?"

엘리아가 팅기듯이 문으로 가 자물쇠를 풀고 문을 열었다.

문 앞에 서 있던 장신의 사내가 후드를 목덜미까지 내렸다. 엘리아와 똑같은 금발을 어깨 위로 치렁치렁 흘리며 웃는 사내. 로이드 모빅이었다.

"오랜만이구나."

"……"

엘리아는 대답하지 않고 고개를 숙였다.

꼭 맞잡은 두 손이 두서없이 떨려왔다. 울분과 서글픔, 반가움이 뒤섞인 복잡한 감정이 밀려들었다. 간만에 재회한 여덟 살 더울의 오빠에게 무슨 말을 해야 할지 전혀 떠오르지 않았다.

"왜 아무 말이 없어?"

로이드가 돌아서는 엘리아를 따라 집으로 들어섰다. 부엌으로 간 엘리아가 찻잔을 꺼내며 처음으로 물었다.

"차갑게 드리면 될까요?"

"그래."

물어볼 필요도 없었다. 친오빠가 언제나 차가운 물만 마신다는 사실을 세상 누구보다도 그녀가 가장 잘 알고 있으니까. 그저 이런 거라도 질문으로 삼지 않으면 도저히 입이 떨어지지 않을 뿐이었다.

"자주 찾아왔었다."

차를 타는 엘리아의 등에 대고 로이드가 말했다.

"최소한 일주일에 두 번씩은 찾아왔었다. 하지만 한 번도 동생을 만날 수 없었지. 이제야 만나게 되었구나."

"어차피 오라버니께서 직접 오신 적은 없었겠지요."

"내 의지를 전하는 부하들이 곧 나다."

"이해할 수 없어요, 그런 말씀은."

찻물을 휘휘 젓는 그녀의 손가락이 신경질적으로 빨라지고 있었다. 이윽고 그녀는 찻잔을 로이드의 앞에 내려놓으며 목소리에 힘을 주어 물었다.

"용건을 말씀하세요."

"엘리아."

"오라버니께서 저를 그냥 찾아오셨을 리가 없으니까요."

로이드가 자리에서 천천히 일어섰다. 명치에도 미치지 않는 작은 키의 동생을 가만히 내려다보던 그는 이윽고 괴로운 듯이 두 눈을 감고 나직이 말했다.

"펜던트를 돌려다오."

"…네?"

"예전에 내가 줬던 펜던트 말이다. 그게 어떤 일에 급하게 필요해졌어."

펜던트고 나발이고 간에 엘리아는 정말로 기가 막혔다.

이것이 몇 년 만에 만난 친남매가 나누는 대화란 말인가.

큰 기대를 했던 건 아니었다. 오빠의 차갑고 주변머리 없는 성격을 모르는 바도 아니었다. 하지만 최소한 안부라도 물어주기를 바라고 있었다.

여동생인 자신에게 미안하다는 사과라도 한마디 해주길 바랐다. 그런데 만나자마자 다짜고짜 펜던트나 돌려달라니.

"없다면요?"

엘리아가 중얼거리듯 되물었다. 로이드의 두 눈이 찰나의 광채를 발했다가 다시 잠잠해졌다.

"없다니, 무슨 소리냐?"

"잃어버렸어요."

"아니, 그럴 리는 없다."

로이드가 확고한 표정으로 고개를 가로저었다.

"어떻게 확신하시지요?"

"너와 같이 신중한 여자가 그토록 소중한 물건을 잃어버렸을 리가 없다."

"유감스럽지만 그렇게 됐어요."

"그리고 다른 누구도 아닌 내가 준 것이다."

"오라버니가 주신 것과는 상관없는 문제예요. 무릇 물건이라는 건 누구라도 잃어버릴 수 있는 거잖아요."

"충분히 상관있지. 너는 나를 세상 누구보다 사랑하니까. 그런 나로부터 받은 물건을 잃어버렸을 턱이 없어."

"사랑이요?"

고개를 돌린 엘리아는 씁쓸하기 그지없는 웃음을 입가에 흘리고 있었다.

"지금 사랑이라고 하셨어요, 오라버니?"

"엘리아."

"오늘 오라버니를 뵙게 되어 확실히 깨달았어요. 우리에게 남은 건 친남매로서 어쩔 수 없이 맺힌 최소한의 잔정뿐이에요. 그것도 한낱 앙금에 지나지 않는다고요. 거창하게 사랑씩이나 되는 이름으로 불릴 감정이 아니에요."

끝으로 치달을수록 엘리아의 목소리가 걷잡을 수 없이 흔들렸다. 어느새 그녀의 커다란 두 눈에는 눈물이 가득히 고이고 있었다.

"돌아가세요. 다시는 찾아오지 마세요."

"그럴 순 없다."

로이드가 차를 단숨에 비우고 벌떡 일어섰다. 성큼성큼 다가오는 로이드를 피해 뒤로 물러나던 엘리아는 발이 걸려 침대 위로 쓰러졌다.

"가세요."

"펜던트를 돌려다오."

"잃어버렸어요."

"돌려주면 당장 돌아가겠다."

"잃어버렸다고 했잖아요! 없다고 했잖아요!"

로이드가 듣지 않고 두 손을 뻗었다.

"이러지 마세요!"

엘리아는 고여 있던 눈물을 터뜨리며 저항했지만 연약한 그녀의 힘으로 이겨낼 수는 없었다. 로이드는 엘리아의 한쪽 어깨를 붙잡아 누른 채 목 언저리로 다른 손을 가져갔다.

"어디다 둔 거야?"

로이드가 엘리아의 맨살을 더듬거리며 물었다. 엘리아의 목에는 아무 것도 걸려 있지 않았다. 침대에 모로 쓰러진 채 그녀는 온몸으로 흐느끼고 있었다.

"펜던트를 어디다 뒀어? 어서 말해."

"너무해요, 오라버니. 정말 너무해요……."

베갯머리가 눈물로 질펀하게 젖어들었다. 로이드는 아랑곳없이 슬피 우는 여동생을 외면한 채 침대 안팎을 비롯해 온 집 안을 뒤지기 시작했다.

"펜던트……! 펜던트가 필요해!"

한참 만에 허탕을 치고 허리를 편 로이드가 책상을 쾅, 내려치며 소리쳤다.

엘리아는 여전히 베개에 엎드린 채 오열을 계속하고 있었다. 로이드는 엘리아를 일으켜 세우더니 양 어깨를 붙잡고 앞뒤로 흔들며 다그쳤다.

"어디 갔어, 엘리아! 이 오라버니를 도와다오! 지금 그게 꼭 필요하단 말이야! 잃어버렸다는 말만은 하지 마. 이 오라버니를 모욕하는 거다! 혹시 누군가에게 준 거냐? 선물로 준 거야, 그걸? 말해!"

"잃어버렸어요. 제가 오라버니께 드릴 수 있는 말씀은 그것뿐이에요."

시선을 늘어뜨린 채 엘리아가 대답했다. 더는 대화의 여지가 없는 얼굴이었다. 로이드는 눈물로 흠뻑 젖은 그녀의 얼굴을 가만히 바라본 끝에, 천천히 몸을 일으켜 세웠다.

"미안하다."

머리 위로 후드를 덮으며 로이드가 힘없이 말했다.

"내일 다시 오겠다. 무슨 사정이 있는지는 모르겠지만 펜던트를 돌려다오. 난 결코 네가 그것을 잃어버렸다고 생각하지 않는다."

"……."

"일단 돌아가겠다."

끼이익.

열린 문밖의 세상은 비가 쏟아지고 있었다.

로이드는 후드 속으로 비를 피하며 텔레포트가 설치된 근방의 농가를 향해 부지런히 걸음을 옮겼다. 그 텔레포트는 로이드가 드나드는 마왕성 입구와 연결되어 있었다.

이러한 텔레포트가 로쿨룸 대륙 전역을 통틀어 수십 군데 존재하고 있었다. 물론 로이드 본인이 필요에 의해 설치한 것들이었다.

로이드는 잠시도 멈추지 않고 텔레포트를 통과해 자신의 마왕성으로 들어섰다. 본래 그는 시간을 낭비하지 않는 사람이었다.

여동생과의 만남으로 남은 불편한 감정을 떨쳐 내고 오늘의 일정에 따라 일을 해야 했다.

'그러고 보니 던전을 공략하고 확인을 하지 않았군.'

로이드는 던전 관리소로 들어서던 몸을 빙글 돌려 층계를 타고 본성으로 내려갔다. 악마 동상으로 손을 뻗어 말풍선을 띄운 직후, 그는 정신이 나가버렸다.

"이, 이건……."

그의 양 광대뼈가 부서질 것처럼 흔들리고 있었다. 혹한에 내던져진 사람처럼 위아래 이가 딱딱 맞부딪치고 있었다. 도저히 믿을 수가 없는 내용에 화면을 재차 갱신했지만 결과는 마찬가지였다.

―속성수련실(Lu.1) 개발불가.

로이드가 숨을 몰아쉬며 자기 주먹을 깨물었다. 질식할 정도로 강한 살기가 그의 전신에서 뿜어져 나오고 있었다.

도대체가 이게 어떻게 된 영문인가.

각 세계에 단 한 개뿐인 베른클라우스 코인을 다른 두 대리자 중 하나가 찾아냈단 말인가.

"엘리아……!"

지금 로이드의 판단하에 가장 수상한 사람은 바로 자신의 여동생이었다. 로이드는 자리를 박차고 일어섰다. 던전 공략을 하고 있을 상황이 아니었다.

마왕성을 빠져나가 몇 번인가의 텔레포트를 거친 로이드는 대륙 북부의 한 농가로 들어섰다. 심복 시토라가 바닥을 청소하다 급히 나와 그를 맞이했다.

"로이드 님, 일이 있으시다더니 어쩐 일로……."

"내 동생을 마탑으로 데려가라."

"네?"

"목적은 감금이다. 하지만 내 방을 제외하고 마탑 전역을 자유롭게 돌아다닐 수 있도록 해줘. 원하는 것은 무엇이든 들어주고, 시중은 두 명 아니, 세 명을 붙여."

"아, 알겠습니다. 하지만 갑자기 왜 이러시는지요?"

"거기까진 알 것 없다. 그럼."

제 할 말만을 빠르게 마친 로이드가 다시 농가를 나섰다. 시토라는 그가 사라질 때까지 두 눈으로 배웅한 다음 탁자 위에 벗어두었던 로브를 집어 들었다. 비는 끊길 줄을 모르고 줄기차게 내리고 있었다.

'이 정도면 괜찮겠지.'

프라이어가 키보드를 두드리던 두 손을 무릎 위로 내려놓았다. 채빈이 출간하고 있는 소설의 다음 권을 이제 완성한 참이었다.

복층 위에서는 운디네가 인터넷 방송을 하느라 여념이 없었다.

"오늘 운디네 너~무 너무 울적해요. 새로 산 치마가 못에 걸려 찢어졌어요. 히잉~! 오빠들이 많이 위로해주세요. 알았죠? 어머, 달걀조각 오빠 별풍선 고마워요. 칸나기 오빠, 화룡 오빠도 감사 감사! 네? 새벽 오빠? 시티 오브 히어로요? 게임이에요? 전 잘 모르겠어요. 저 게임 못해요. 아무튼 운디네 예쁜 짓! 귀여운 짓! 우후훗!"

별풍선을 벌어들이는 소리가 스피커를 타고 끊임없이 울리고 있었다. 이제 프라이어는 그 소리만 듣고도 오늘 수익이 어느 정도인지 짐작할 수 있는 경지에 다다라 있었다.

"휴우, 힘들어."

마침내 방송을 마친 운디네가 컴퓨터를 끄고 뒤로 벌러덩 드러누웠다. 단숨에 조용해진 방 안에서 두 정령은 오래도록 말이 없었다.

"프라이어."

"왜."

"우리 언제까지 주인님이랑 함께 있을 수 있을까?"

"그건 나도 모르지."

"그래……."

운디네의 말투가 묘하게 평소와 달랐다.

프라이어가 흥미를 갖고 물었다.

"갑자기 그런 건 왜 묻는 건가."

"그냥, 예전에 마왕성을 잃어버릴 뻔한 일도 있었고 해서. 계속 나아가지 않으셨다면 우리와도 이별이었잖아."

"형님과 헤어지는 게 두렵나?"

"두렵냐고? 글쎄……"

프라이어가 TV를 틀었다. 뉴스 방송에 앞서 나오는 광고를 멀거니 바라보며 그가 말을 이었다.

"너무 마음을 깊이 두지는 말아야지."

"알고 있어."

"우리는 정령이다."

"알고 있어."

"결국 괴로워지는 건 형님이 아니라 너다."

"알고 있다니까!"

"가끔 널 보면 정녕 그 점을 알고 행동하는 건지 애매할 때가 있어서 말이지."

"알아! 알아! 알아! 다 안다고! 이 잔소리쟁이! 이제 그만 입 다물어!"

"자기가 먼저 말 꺼내놓고서 그래……."

벌컥!

문이 힘차게 열리며 채빈이 방 안으로 들어섰다. 오늘의 극선풍류 수련을 끝마치고 마왕성에서 한 시간 취침을 한 뒤 돌아온 참이었다.

이제 제법 성과가 있어 극선풍류의 제1초식인 극선팔타를 6타까지 능숙하게 구사하는 채빈이었다.

"주인님!"

운디네가 한달음에 뛰어내려 달려가서는 채빈을 끌어안았다. 그 모습을 보며 프라이어는 남몰래 쓴웃음을 지었다. 역시 저건 아무리 봐도 그 점을 알고 행동하는 게 아니었다.

"저 오늘도 별풍선 엄~청 많이많이 벌었어요. 칭찬해 주세요."

"알았어. 뭐, 옷 사줄까?"

"우후훗, 우리 주인님 역시 센스 멋쟁이!"

운디네가 신이 나서 위층으로 올라갔다. 채빈은 쇼핑몰 검색에 빠져드는 운디네를 뒤로하고 프라이어와 나란히 앉았다. 채빈의 손에는 노트가 쥐어져 있었다.

프라이어가 넌지시 물었다.

"그건 무슨 노트인가요, 형님?"

"내 스펙을 한 번 정리해 보려고."

"스펙이요?"

채빈이 앞니를 드러내며 환히 웃었다.

"적을 알고 나를 알면 백전백승인데 난 일단 나에 대해서도 제대로 모르고 있다는 생각이 문득 들더라고. 그래서 마왕성에서 얻은 힘들 좀 쭉 정리해 봤지. 쓸데없는 짓인가?"

"아니요. 충분히 가치 있는 일이라고 생각합니다. 저도 도와드리지요."

"헤헤, 그래."

〈최강의 전사 이채빈의 능력치〉

A. 기본능력
 —마나:3서클
 —내공:1갑자

B. 소유한 마법
 —1서클:텔레키네시스, 에나의 소스 제조, 매직 애로우, 매직 타겟, 윈드
 —2서클:파이어 애로우, 홀드, 실드, 힐
 —3서클:슬립, 언 디텍트, 라이트닝

C. 소유한 무공
 —삼재검법 5~12초식, 황도백양각, 황도보병투, 극선풍류 1~3초식

D. 소유한 장비
 —방어구:시그너스 아머, 테스타 가드
 —무기:마도서첩(흡수의 서 16~30권, 거울의 서 46~59권)

—*장신구:풍요의 반지*
—*레시피:천수봉 레시피*

"어디 보자, 빠진 부분은 없나?"

채빈이 다시 노트에 적은 내용을 위에서부터 천천히 확인했다. 그때 불현듯, 프라이어의 시선이 노트를 벗어나 뉴스를 방송 중인 TV화면으로 꽂혔다. 뉴스가 속보를 내보내고 있었다.

—*오늘 오후 2시 12분부터 서울대공원 동물원에서 또 우리가 개방되는 위험천만한 사건이 발생했습니다. 겨우 이틀 사이에 다섯 번이나 같은 사고가 벌어지고 있지만 동물원 측은 아무런 입장을 표명하지……*.

"혀, 형님."
"어? 왜?"
"스펙 노트는 잠시 후에 작성하시고 저걸 좀 보시죠."
"왜, 뭐 재미있는 거 해?"

채빈이 고개를 들어 TV를 바라보았다. 멀거니 내용을 바라보던 그의 두 눈이 조금씩 커지고 있었다.

"이 뉴스 지금 처음 보는 거야?"

"그럼요, 형님. 어제 봤다면 바로 말씀드렸을 겁니다."

채빈과 프라이어가 함께 TV를 뚫어져라 바라보았다. 이내 둘은 서로를 돌아보며 고개를 끄덕였다. 이틀 사이에 다섯 번이나 반복된 같은 사고라니, 설마.

채빈이 자리에서 일어나 벗었던 웃옷을 걸쳤다.

"일단 가봐야겠어."

"만나보실 겁니까? 저도 따라가겠습니다."

프라이어도 뒤따라 일어섰다. 소란을 듣고 일어선 운디네까지 계단을 밟아 뛰어 내려왔다.

"무슨 일이야? 나도 갈래."

부르릉!

간만에 시동이 걸린 스쿠터에 채빈이 올라탔다. 두 정령도 채빈의 양쪽 안주머니에 각각 몸을 실었다. 날렵한 스쿠터가 사거리를 향해 힘차게 질주하기 시작했다.

"으으……. 추워. 역시 스쿠터는 겨울에 탈 게 못 돼."

서울대공원에 도착한 채빈은 반쯤 얼어붙은 채로 스쿠터에서 내려섰다. 날이 춥고 평일이어서인지 주위는 한산했다.

채빈은 주차시킨 스쿠터를 등지고 동물원 쪽으로 잰걸음을 옮겼다. 짐차 스쿠터로 인한 추위가 가시면서 그 대신 긴장감이 몰려왔다. 이 예감은 정말 들어맞을 것인가.

"프라이어, 너와 내 예감이 맞는다면 말이야."

대공원 내부를 순회하는 코끼리 버스에 오르며 채빈이 말을 불쑥 꺼냈다.

"무슨 일로 왔을까?"

"글쎄요. 던전 공략 때문은 아닐까요?"

"그런가. 이렇게 며칠씩 걸려서 여러 번 우리를 해체시키거나 해야 할 피곤한 던전은 아닌 것 같은데."

매표소 앞에 도착한 채빈은 잠시 머뭇거렸다. 막상 드넓은 동물원에 도착하고 보니 어디서부터 조사를 해야 할지 감이 오질 않는 것이었다.

게다가 동물원은 운영 자체가 중단된 상태였다. 이틀 동안 그토록 여러 번 사고가 났으니 당연한 결과이기도 했다. 텅 빈 매표소 너머 동물원 안에는 관계자로 보이는 사람들만 잔뜩 오가고 있었다.

"알아보고 싶어도 볼 수도 없네. 어딜 조사해야 하는 거야?"

운영이 중단된 동물원 앞을 어슬렁거리는 것도 이상해 보일 것 같았다. 채빈은 하얀 입김을 곱은 손에 호호 불며 어떻게 해야 할지 고민에 빠졌다.

"어?"

채빈이 뒤 몸을 돌려세웠을 때였다.

또각또각 구두 소리가 채빈의 한쪽 귓가를 자극하며 커져왔다. 힐끗 돌아본 채빈은 열 걸음쯤 앞에 선 여자를 알아보고 석상처럼 몸을 굳혔다.

"너… 는……."

보라색 모직코트에 쫙 달라붙는 청색 스키니 진, 거기에 힐까지 꽤나 현대적으로 차려 입은 여성이었다.

그녀의 얼굴은 채빈에게 남아 있는 기억과 일치했다. 새하얀 얼굴과 고양이처럼 날카로운 두 눈, 유달리 돋보이는 왼쪽 눈 밑의 점까지 모든 것이 똑같았다.

여자가 코트에 두 손을 넣은 채 다가왔다. 한 걸음 내딛을 때마다 하늘 높이 올려 묶은 그녀의 분수머리가 이리저리 흔들리고 있었다.

"겨우 만나게 되었군."

코앞까지 다가온 여자가 천화지 대륙 공용어로 말했다.

힐을 신은 그녀와 채빈의 눈높이에는 거의 차이가 없었다.

채빈은 침을 꿀꺽 삼키며 눈앞의 그녀를 멀거니 바라보고 있었다. 무슨 말을 먼저 꺼내야할지 궁리하는 사이 그녀가 선수를 쳤다.

"내 옷이 이상한가?"

"뭐?"

"점원에게 가장 평범하게 어울리는 것으로 달라고 했는데."

채빈이 고개를 가로저었다.

안 어울리기는커녕 오히려 그 반대였다. 신분증만 없을 뿐이지 누가 봐도 한국인, 혹은 이국적으로 생긴 한국인으로 볼 법한 외모였다.

"날 기다리고 있었던 거야?"

여자가 싱긋 웃으며 고개를 끄덕였다. 매서운 빛으로 가늘고 길었던 두 눈에도 희미한 미소가 피어나고 있었다.

"맞아. 그대와 내가 처음으로 싸웠던 던전이니까. 재진입 시간이 길어서 며칠 주위에 머물면서 신호를 날렸지."

여자는 확실하게 이 동물원이 '던전' 임을 언급하고 있었다.

애당초 숨길 생각을 하고 있지 않은 것이다.

마왕성에 대해서, 그리고 대리자인 자신의 신분에 대해서 신경을 쓰고 있었던 채빈은 어쩐지 맥이 탁 풀려버리는 것을 느꼈다.

"이 세계에는 TV라는 것도 있고 뉴스도 있으니까. 이렇게 신호를 날리면 그대가 알아챌 수 있을 거라고 생각했었다. 오늘까지만 더 해보고 나타나지 않으면 돌아갈 예정이었고."

여자가 돌아서서 인근의 벤치 쪽으로 걸음을 옮겼다. 그 뒤를 따르는 채빈에게 그녀가 말을 이었다.

"최초의 공략에 대해서는 할 말이 없다. 하지만 오늘은 아니야. 맹수사 쪽에는 전혀 손대지 않았어. 그리고 내가 공략한 던전은 국회의사당과 이곳 동물원뿐이다."

"아니, 그런 것까지 굳이 나한테 사과할 필요 없어."

"그런가."

"그렇지. 내가 무슨 지구대통령도 아니고."

채빈은 지금까지 던전을 공략하면서 주변이 입을 피해에 대해 거의 생각해 본 적도 없었다.

이번에 동황루 던전에 들어가면서 처음으로 진지하게 고민할 기회를 가졌을 뿐이다.

"그대도 마왕성이 Lv.5가 되면서 선택의 장을 지나쳤지?"

벤치에 몸을 앉히며 그녀가 물었다.

채빈은 대답하지 않았다. 아직 이 여자의 온건한 저의를 파악하지 못했다. 채빈은 여자와 마주보는 위치에 놓인 벤치에 엉덩이를 기대어 앉았다.

특별히 살기 따위가 느껴지진 않았지만 어쨌든 이 여자는 하나의 왕좌를 두고 자신과 함께 달려들고 있는 살쾡이 중 하나니까.

"그대에게는 신세를 졌다."

겨울바람에 나뒹구는 종이컵을 두 눈으로 쫓으며 여자가 말을 이었다. 채빈은 심장이 철렁 내려앉는 것을 느끼며 그녀를 돌아보았다.

'역시……'

착각이 아니었다. 동황루에서 만났을 때를 떠올리며 채빈은 태연한 척 대답했다.

"뭐, 내가 아니었어도 누구라도 구해줬을 텐데."

"그대가 아니었다면 곽동은 지금 이 세상 사람이 아닐 것이다. 진심으로 고마워하고 있다."

"그 곽동이라는 사람은 무사해?"

"무사하다. 선하촌이라는 마을에서 푹 쉬고 있다."

"저기 근데 있잖아."

채빈이 뒷머리를 긁적이며 말끝을 흐렸다. 연호제가 고개를 들고 채빈의 옆얼굴로 시선을 고정시켰다.

"그런 거 하나하나 나한테 다 말해도 돼? 좀 불안하지 않아? 내가 나쁜 놈이든 좋은 놈이든 다 떠나서. 안 그러냐?"

"괜찮다."

"아니, 왜?"

"그대의 눈은 곽동과 같은 빛을 띠고 있으니까."

"참나, 그런 게 이유가 되나? 세상 살기 편하겠네. 눈빛도 다 읽고."

"부탁이 있다."

"부탁? 은혜를 갚으러 온 게 아니고?"

"1년 후 그대에게 승부를 양보하겠다. 은혜는 그걸로 갚으면 안 되겠는가?"

채빈이 두 눈을 치켜뜨고 여자를 돌아보았다.

자신이 무슨 소릴 한 것인지 제대로 알고나 있는 것일까.

심하게 태연한 표정을 유지하고 있어서 오히려 채빈은 더욱 당황스럽기 짝이 없었다.

여자가 물었다.

"그대는 드미트리의 룰렛을 돌려 보았는가?"

"어? 아니, 너도 돌렸어?"

드미트리가 설마 이 여자의 집사직도 겸임하고 있는 건가?

그 점을 물어보고 싶은데 그러려면 마왕성에 대해서 모조리 털어놓게 될 것만 같았다.

아직도 대화의 전개를 어떻게 펼쳐 나가야 할지 망설이고 있는 채빈에게 연호제가 일방적으로 말을 이었다.

"내 룰렛의 결과는 복수, 복수, 복수다."

채빈은 멍해진 얼굴로 할 말을 잃었다. 도대체 어떤 삶을 살아온 자가 그런 결과를 낼 수 있는 것일까.

"바꿔 말하면 복수 외에는 무엇에도 관심이 없다는 얘기다. 그리고 복수라는 것은 조만간 끝이 나게 되어 있다. 그러니 내 부탁을 들어다오."

"이, 일단 들어나 보자. 뭔데?"

"나와 협력해다오, 서로를 공격하지 않기로."

채빈이 머쓱한 표정으로 이마를 긁으며 대답했다.

"그건 벌써 성립된 거 아니야? 이렇게 만나서 얘기하고 있는데 뭘 새삼스럽게……."

"그런가."

"그거면 된 거지."

"……."

여자는 입을 다문 채 고갯짓만 두어 번 해 보였을 뿐이었다. 복수를 도와달라는 말은 결국 목젖을 뚫고 바깥으로 나오지 못했다.

"앉아 있으려니까 더 춥네. 뭐라도 좀 먹으러 갈까?"

채빈이 엉덩이를 털고 일어섰다. 마침 구름을 피한 강렬한 햇살이 차가운 공기를 가르며 쏟아지고 있었다. 따스한 볕을 온몸에 받으며 채빈이 말을 이었다.

"그러고 보니 서로 이름도 아직 모르는구만. 난 이채빈이야. 네 이름도 알려줘."

"내 이름은 연호……."

여자가 말끝을 흐리며 달싹이던 입술을 멈췄다. 앙다문 입술 끝이 파르르 떨려왔다. 이런 남자에게 복수를 도와달라는 부탁은 역시 할 수가 없었다.

잠시 후, 고개를 든 그녀는 두 동공 위에 채빈의 얼굴을 가득 담은 채 나직하게 말을 이었다.

"공손채."

『이계마왕성』 6권에 계속…

화보부록

이계
마왕성

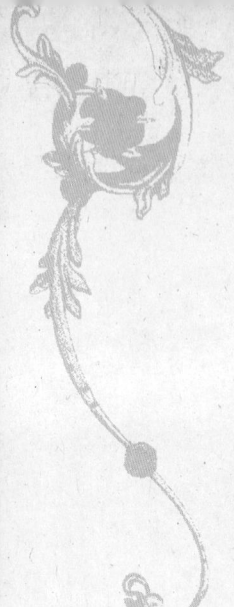

이계
마왕성

이제부터 전자책은
이젠북

www.ezenbook.co.kr

새로운 세계가 열린다!

목정균 『비뢰도』　좌백 『천마군림』　수담옥 『자객전서』
용대운 『천마부』　월인 『무정철협』　임준욱 『붉은 해일』
진산 『하분, 용의 나라』　설봉 『도검무안』
천중화 『그레이트 원』

이름만 들어도 황홀할 정도의 별들의 향연!

이들의 "유료연재"가 시작됩니다!

검색창에 **이젠북** 을 쳐보세요! ▼ 🔍　

Book Publishing CHUNGEORAM

가즈 나이트 R

이경영 판타지 장편 소설

이제는 그 전설조차 희미해진 옛 신계, 아스가르드.
그 멸망한 신계의 전사가 새로운 사명을 품고 다시금 인간들의 곁으로 내려온다.

렘런트라는 이름의 적들, 되살아나는 과거,
그리고 가치관의 차이.
그 모든 것들과 맞서 싸우려는 그녀 앞에 신은 단 한 사람의 전우를 내려준다.

그는 붉은 장발의, R의 이름을 가진 남자였다!

초대작 「가즈 나이트」의 부활!
신의 전사들의 새로운 싸움이 지금 시작된다!

Book Publishing CHUNGEORAM

유행이 아닌 자유추구 -
WWW.chungeoram.com

신풍기협 神風奇俠

FANTASTIC ORIENTAL HEROES

윤신현 新무협 판타지 소설

「수라검제」, 「태양전기」의 작가 윤신현
우직한 남자의 향기와 함께 돌아오다!

사부와 함께 떠났던 고향.
기다리는 친구들 곁으로 돌아온 강진혁은
사부의 유언을 지키기 위해 강호로 나선다.
반드시 돌아오겠다는 약속을 남기고.

"믿어라. 난 결코 허언을 하지 않는다."

무인으로 살 것인가, 무림인으로 살 것인가.
고민을 안고 나아가는 강진혁의 강호행!

신의 바람이 불어와 무림에 닿을 때,
천하는 또 하나의 전설을 보게 되리라!

Book Publishing CHUNGEORAM

www.chungeoram.com

기사도
chivalry

요람 판타지 장편 소설
FANTASY FRONTIER SPIRIT

2012년, 『제국의 군인』의 요람,
그의 새로운 이야기가 시작된다!

같은 세계, 또 다른 이야기!

몰락해 가는 체르니 왕국으로 바람이 분다.
전쟁과 약탈에 살아남은 네 남매는 스승을 만나고
인연은 그들을 끌어올려 초인의 길에 세운다.
그렇게 그들은 기사가 되었고
운명을 따라 흉성을 가진 루는 자신의 기사도를 세운다!

명왕기사(明王騎士) 루.

그가 세우는 기사도의 길에 악이란 없다!

Book Publishing CHUNGEORAM

유행이 아닌 자유추구 -
WWW.chungeoram.com